KB167780

부럽거나 부끄럽거나

작가의 말

요즘은 누구나 휴대 전화가 있고, 그 안에 내장된 카메라를 사용합니다. '셀카'를 찍으며 나와 내 이웃의 풍경을 기억하고 자신이 살았던 흔적을 남깁니다. 하지만 꼭 그것만을 위해 카메라를 잡지는 않습니다. 카메라로 프레임을 만들어 세상을 들여다보고 간섭하고 때로는 남의 프레임을 변경시키기 위해 그 안으로 뛰어들어 기꺼이 한 장의 사진으로 남기를 주저하지 않습니다. 마찬가지로 사람은 누구나 저마다의 기준이 있습니다. 내 기준은 내가 세상을 살아가는 나의 규칙입니다. 나와 결부된 상대방도 자기 기준을 가지고 있을 테니 나의 기준과 너의 기준은 세상이라는 무대에서 충돌할 수밖에 없죠.

책이나 영화에는 좋은 말들이 많이 나오는데, 그중에는 서로 반대되기에 재미있는 것들이 참 많습니다. 이를테면 '다른 사람과 마음을 맞추고 살아야 한다.'와 '세상에다 나를 맞추지는 않을 거야.' 같은 구절입니다. 둘 중 정답이 따로 있지는 않습니다. 어떤 사람은 앞의 말을 기준 삼아 살아가지만, 어떤 사람은 뒤의 말에 더 매력을 느낄 수 있습니다.

분명한 것은 인간은 둘 중 하나만을 진리 삼아 평생을 살아가기는 어려운 존재라는 점입니다. 어떤 상황에서는 다른 사람과 마음을 맞추어야 하지만, 또 다른 상황에서는 자신의 고집을 끝까지 밀어붙일 필요가 있기 때문이죠. 저는 둘 사이의 긴장을 유지하는 것이 매우 중요하다고 생각합니다. 한쪽으로 기울어짐을 선택하기보다 상황에 따라(대상에 따라) 이쪽으로 기울어졌다가 저쪽으로 기울어지기를 주저하지 않아야 합니다. 때로는 마음과는 반대 방향으로 몸의 기울기를 조절해야 할 때도 있습니다. 그래서 인생은 어려운 숙제가 되겠지만, 그 때문에 도전할 만한 가치도 생기지 않을까요.

이 소설에 나오는 세 명의 청소년이 경험하는 것도 그와 같은 것이 아닐까요. 곽윤지와 이소희, 윤권호는 자신의 규칙을 만들고 찾아나가는 중입니다.

"천사는 도둑처럼 온다."

제가 정말 좋아하는 구절입니다. 로맨스 드라마 같은 데서 보면 처음에는 악연으로 얽혀 야단법석을 떨던 남녀가 차츰 서로를 이해하게 되면서 사랑에 빠진다는 이야기가 많잖아요. 곽윤지 앞에 나타난 이소희가 조금은 별난 모습이듯이 윤권호 역시 이상하다 못해 기괴한 프레임을 가지고 있습니다. 윤권호와 이소희의 시선으로 보면 곽윤지도 특이한 캐릭터일 수밖에 없습니다. 지나치게 의존적이고 겁이 많고 나약해서 집 앞 사거리에 있는 서점에도 혼자 가지 못합니다. 이와 같은 차이에도 서로에 대한 호불호가 조금씩 변해 가는 모습을 그리는 일은 언제나 재미있습니다. 산자락 귀퉁이나 망망대해에서 붉은 해가 솟아오르는 것처럼 인간이 장엄하다고 느껴질 때가 있습니다. 그 경험을 통해 조금씩 스스로 변화하고 세계를 향해 마음의 문을 연다면 우리는 소라게 껍데기가 필요 없는 튼튼한 마음의 소유자가 되겠지요. 한쪽으로 기울어짐을 선택하는 것이 단지 잘못된 길로 가는 것이 아니라 자신에게 이익이 되지 않는다는 것도 저절로 알게 될 겁니다.

어쩌다 보니 소설 창작 방법론을 연상시키는 소설책을 쓴 것 같습니다. 오래 글을 쓰다 보니 제가 알고 있는 것들을 여러분과 공유하고 싶었던 게 아닌가 합니다.

또 한 권의 청소년 소설을 출간할 수 있게 도와준 풀과바람 출판사에 고마움을 전하고 싶습니다. 지금은 다음 작업이 깜깜하지만, '내일은 아직 도착하지 않았다.'라는 것과 '내일은 이미 우리 곁에 도착해 있다.'라는 상반된 말주머니를 저글링 하면서 그 어떤 새로운 이야기와 입맞춤하고 싶다는 여전한 희망을 다독여 봅니다.

오늘도 조금씩 자기 기준을 만들어 나가느라 분주한 세상의 모든 청소년에게 박수를 보냅니다. 친구들이 하는 말, 앞장선 사람들의 표현에 주눅들지 말고 자기 자신을 드러내라고 말하고 싶습니다. 그렇게 할 때만이 시간은 우리를 자신이 원하는 장소로 데려갈 것입니다. 고맙습니다.

2023년 가을, 남상순

부럽거나 부끄럽거나

1판 1쇄 | 2023년 10월 24일

글 | 남상순

펴낸이 | 박현진
펴낸곳 | (주)풀과바람
주소 | 경기도 파주시 회동길 329(서패동, 파주출판도시)
전화 | 031) 955-9655~6
팩스 | 031) 955-9657
출판등록 | 2000년 4월 24일 제20-328호
블로그 | blog.naver.com/grassandwind
이메일 | grassandwind@hanmail.net

편집 | 이영란
디자인 | 박기준
마케팅 | 이승민

값 13,000원
ISBN 979-11-7147-014-3 43810

※ 잘못 만들어진 책은 구입처에서 바꾸어 드립니다.

부럽거나 부끄럽거나

남상순 · 글

풀과바람

차례

물티파시아투스

"이게 봄나물이라는데, 먹어도 되는 거 맞아?"

아이들은 식판에 담긴 작고 이상한 뿌리를 뒤적이며 저마다 한마디씩 불평을 늘어놓았다. 나 역시 정체불명의 그것이 못마땅하기는 했지만, 그렇다고 음식을 서로에게 던지며 장난치는 남자애들도 이해가 가지는 않았다. 그 자리에서 계속 밥을 먹다가는 나물로 귀싸대기를 맞을 것 같은 불안한 예감에 식판을 든 채 옮길 자리를 찾고 있을 때였다.

"안녕?"

"어? 아, 안녕."

옆자리에서 밥을 먹던 아이가 나를 빤히 올려다보았다. 이야기를 나눠 본 적은 없지만 같은 반이라는 것은 알고 있었다. 나는 식판을 내려놓고 다시 주저앉으며 그 애의 이름표를 훑었다. 이소희. 차분한 분위기에서 왠지 모를 당당함이 느껴졌다.

'그냥 먹어.'

그 애의 눈빛이 그렇게 말하는 것 같았다. 나는 젓가락으로 콩나물국을 휘휘 저으며 두부를 건져 먹기 시작했다.

소희가 말했다.

"그거 못 먹겠으면 나 줘도 돼."

순간 젓가락 끝을 입에 문 채 어리바리하게 굴었으나, 소희가 말한 그것이 정체불명의 봄나물이라는 것을 알았을 때는 약간 당황스러웠다. 차마 내 젓가락을 사용할 수는 없어 고개만 끄덕이는 사이, 소희가 내 식판에 담긴 나물을 자기 식판으로 옮겨놓았다.

"이건 냉이라고 해."

먹어 본 적이 있느냐고 물었더니 그렇다고 했다. 별맛은 없지만 씹어서 삼킬 만은 하다고 해서 웃고 말았다. 소희는 엄마 아빠가 직장 다니는 바람에 할머니가 주로 전통 음식으로 식탁을 차린다는 말을 덧붙였다.

"난 밥을 좀 많이 먹는 편이야."

그렇게 말할 때 소희 볼에 보조개가 예쁘게 생겼다가 사라지는 것을 나는 물끄러미 바라보았다. 밥을 다 먹은 소희가 녹차 티백을 넣어 차 한잔을 다 마시는 동안 내 식판도 깨끗이 비워졌다. 속으로 곽윤지 인생에서 기념할 만한 날이라고 생각했다. 초등학교와 중·고등학교를 통틀어 학교에서 식판을 비운 것은 그날이 처음이었기 때문이다. 밥을 많이 먹는 아이와 조금만 먹는 아이, 나쁘지 않은 조합이었다.

교실로 걸어가면서 소희가 말했다.

"난 'e말e글'에 들어갔어."

"아, 그래?"

나는 무턱대고 고개를 끄덕였다. 모르는 동아리라고 말할 수는 없었다. 정식 명칭은 'e말보다 e글'인데, 아이들은 그냥 e말e글이라고 불렀다. 담임이 지도하는 글쓰기 동아리여서 아이들 입에 자주 오르내린 것도 있지만, 요즘 잘 나가는 젊은 소설가 이유진이 우리 학교 e말e글에서 글쓰기를 배웠다는 사실이 알려지면서 명성이 높아졌다. 문예창작학과 합격률도 높은 편이다. 하지만 가입한 1학년은 아직 10명이 못 된다고 했다.

"난 거기 들어가려고 이 학교에 온 거야."

그러면서 소희는 자꾸 나와 눈을 맞추었다. 식당에서 "안녕?"이라고 인사하는 순간 눈빛에 압도당해 다시 주저앉을 수밖에 없었던 것처럼 나는 그 동아리에 들어갈 수밖에 없다고 생각했다. 글쓰기에 관해서는 전혀 관심 없었지만.

e말e글에 들어가려면 온라인 카페에 가입하는 게 순서라는 것을 안내한 것도 소희였다. 동아리 수업은 매주 수요일 오후에 우리 반 교실에서 진행되지만, 과제는 하루 전날인 화요일 밤 자정까지 카페에 올려야 했다. 막상 카페에 가입하고 자유게시판에 인사말을 남기고 나자 묘하게 재미있었다. 만년 외톨이였던 내게 댓글을 다는 아이가 생기다니, 기적 같은 일이 아닐 수 없었다.

1반인 오현수는 이렇게 나를 반겼다.

웰컴 투 소태월드 B.

소태는 담임의 이름이었고, B는 e말e글의 1학년 전용 인터넷 카페를 의미한다. 2~3학년 전용 카페는 e말e글 A반으로 불렸다. 같은 동아리지만 수업 시간이 다르고 카페를 나누어 사용하는 이유는 입시를 준비해야 하는 2~3학년보다 e말e글 B반은 조금 더 자유로울 수 있기 때문이다. 오현수 말고도 여러 명이 내 인사말에 댓글을 달아 주었다.

반가워, 잘해 보자.

앗싸, 1명만 더 들어오면 10명이다.

처음에는 조금 어색했지만, 댓글에 댓글을 다는 느낌은 황홀했다. 온라인 카페인 그곳이 우리가 소속된 진짜 교실이고 학교인 것 같았기에 순식간에 믿음이 생겼다. 문제는 소희가 끝내 환영 댓글을 달지 않았다는 것이다.

'뭐지?'

신경이 쓰이기는 했지만 틈이 생긴 것은 아니라고 보았다. 소희와 나는 아침에 시각을 정해서 함께 교문을 통과했고 급식을 먹을 때도 단짝이었다. 숙제나 필기한 것 중에서 모르는 게 생겨 물어보면 친절히 가르쳐 주었다. 소희가 따로 친하게 지내는 아이가 없는 점도 나를 안심시켰다.

'친하니까 생략한 걸 거야.'

그렇게 믿고 넘어갔다. 그즈음 나는 일기장에 소희와 관련된 메모를 이렇게 남겼다.

3년 동안 숨어 지낼 안전한 소라게 껍데기를 발견했다. 쾌적하고 따뜻하다.

일기장 표지에는 제목도 있다.

물티파시아투스의 곽윤지 관찰 일기

공룡 같은 이름을 연상시키지만 물티파시아투스는 작고 연약하고 힘없는 열대어이다. 빈 소라게 껍데기를 찾아 집처럼 사용한다. 그 안에 숨어 있으면 약육강식의 바다에서 아무리 큰 물고기가 나타나도 무섭지 않다.

'이젠 걱정하지 마.'

물티가 곽윤지에게 속삭였다. 아니, 곽윤지가 물티에게 들려주는 귀엣말일 수도 있었다.

Welcome to 소태월드

중학교 3학년 때 나의 소라게는 미주였으나, 불과 몇 달이 지난 지금은 연락조차 하지 않는다. 미주는 특목고에 갔고 나는 거기를 따라갈 상황이 안 되어 일반고로 진학했다. 소라게를 잃어버리면 세상이 끝나는 줄 알았으나 꼭 그렇지는 않았다. 그 경험은 내 인생의 씁쓸한 교훈이 되기는 했어도 그다지 쓸모는 없었다. 나는 여전히 소라게가 필요하기 때문이다.

소희는 미주와는 아주 달랐다. 미주보다는 소희의 난도가 높다고 할 수 있다. 미주의 호불호는 분명했다. 신경에 거슬리는 말을 하지 않고 부러워하고 칭찬해 주면 대체로 만족했다. 공부는 각자 알아서 하면 되는 일이고 맛있는 것을 사 먹을 때는 미주가 돈을 더 많이 냈지만, 그것이 둘 사이에 갈등을 유발한 적은 없었다. 반면 소희는 내가 따라잡기 어려운 취미를 가지고 있었다.

"난 글을 잘 쓰고 싶어."

왜냐고 물었을 때 엄마가 원한다고 해서 조금은 시시했으나 글쓰기는 자기가 누구인지 알아나가는 과정이라는 말은 멋있게 들렸다. 엄마가 책을 워낙 좋아해 어려서부터 책에 파묻혀 지냈고 자연스럽게 책을 좋아하게 되었다고 한다. 그 꿈을 위해 중학교 때부터 명인 고등학교에 입학하기로 했다는 말은 아무리 들어도 신기했다. 되고 싶은 나도 없고 될 것 같은 나도 안 보였던 나로서는 상상이 가지 않는 일이었다.

엄마는 의사나 변호사가 아니면 교사나 공무원이라도 되라고 하더니 요즘은 기준을 대폭 낮춰 "현모양처는 어때? 그건 할 수 있지?"라고 물었고, 내가 그마저 확답을 피하자 "너 그러다 노숙자 된다."라며 놀리는 중이다. 노숙자라는 단어에 충격받을 필요는 없다. 우리 엄마가 말하는 노숙자는 물티를 비웃는 말이다. 세상을 겁내며 소라 껍데기 안에 숨어 사는 물고기는 놀려서라도 거기서 데리고 나와야 한다는 것이다.

그렇다. 문제는 나였다. 따라쟁이로 e말e글에 가입했는데 일주일에 한 번씩 글쓰기 과제를 올려야 한다는 소리를 듣고 눈앞이 아찔해지는 느낌을 받았다.

첫날 수업은 자기소개를 나누는 정도로 진행되었다. 자기 자리에 서서 이야기하면 된다고 했으나, 굳이 앞으로 나가 별별 이야기를 다 하는 아이들이 대단해 보였다. 소희는 내게 들려주었던 글쓰기에 대한 포부로 자기소개를 마쳤지만, 왠지 모르게 표정이 어두웠다. 다른 아이들의 꿈이 워낙 거창했기 때문이라고 나는 나름대로 짐작했다.

내 차례가 되었을 때 나는 제정신이 아닌 채 일어나 앞으로 나갔고 이름만 겨우 말하고 내 자리로 돌아왔다. 6반 남자아이 윤권호는 영화감독이 되고 싶다고 했다. 영화과에 입학하기 위해서는 글쓰기라는 관문을 넘어야 하기에 e말e글에 들어왔다는 것이다. 거기까지였다면 그냥 평범한 자기소개로 끝났을 것이다. 뭐가 되고 싶든 꿈은 오로지 자신의 몫이기 때문이다. 자기소개가 끝나고 소태 선생님이 글쓰기에 관한 지침을 제시했다.

"여러분들이 매주 화요일 저녁까지 카페에 올렸으면 하는 글은 에세이와 소설의 중간 버전이라고 생각해 주었으면 한다."

현실을 조금씩 변형하고 바꾸어 보는 것이 글쓰기의 핵심이라고 했다. 윤권호가 질문이 있다며 손을 들었다.

"저는 글을 써서 그냥 가지고 오고 싶은데 그래도 될까요?"

"A4용지로?"

"그냥 공책인 상태로요."

"글자를 쳐서 카페에 올리는 게 편하지 않을까. 되도록 수업도 모니터를 보면서 진행하려고 하는데."

"그, 그건 제가 좀 힘든데요."

"뭐가?"

상대의 의중을 파악하기 위해 선생님과 윤권호가 대화를 나누었다. 윤권호의 횡설수설과 버벅거림을 들으면서 이게 무슨 일인가 의아해한 것은 나만이 아니었다. 어떤 아이는 머리를 쥐어뜯으며 혼란스러워했다. 다행히 핵심을 간파한 선생님이 윤권호에게 결정적인 질문을 던졌다.

"혹시 집에 컴퓨터가 없는 거니?"

"네."

그게 다가 아니었다. 윤권호의 집에는 인터넷 연결도 안 되어 있는 상태라고 했다. 다들 놀라서 입을 다물었다.

'아무리 가난해도 그렇지. 도대체 멀쩡한 고등학생 아이가 컴퓨터도 없이 학교에 다니는 동안 학교와 국가는 뭐 하고 있던 거야.'

우리 아빠라면 분명 이렇게 한탄했을 것이다.

윤권호의 다음 말은 더 충격적이었다. 집에는 티브이도 없고 휴대 전화도 없다고 하면서 이런 말을 남겼다.

"우리 가족은 그런 걸 다 싫어하는 편이라."

저만치 옆에서 소희가 '대박'을 외치면서 까무러치는 시늉을 했다. 다른 아이들은 책상에 이마를 대고 엎드리거나 의자에서 내려와 교실 바닥에 주저앉았다. 내 속도 터져 버릴 것 같았다.

소태 선생님이 다시 물었다.

"너는 어떤데? 너도 티브이나 인터넷을 싫어하니?"

"네. 살면서 별로 필요하다는 생각이 안 들어요."

"음, 아… 우리 수업을 하려면 필요할지도 모르는데."

윤권호는 아무 말도 하지 않았다. 공책에다 과제를 적어 오면 왜 안 되는 거냐고 항의하는 듯했다. 우리 반 구명희가 혼잣말처럼 구시렁거렸다.

"그러고 보니 우리 인원이 열 명이네. 아홉 명인 줄 알았는데."

"그러네."

교실 안 인원은 10명이었다. 혹시나 하면서 휴대 전화로 카페를 열어 살펴봤더니 윤권호의 이름은 없었다. 모바일 메신저 목록에도 보이지 않았다. 그렇다면 온라인 카페에 가입하지도 않은 윤권호를 e말e글에 들어왔다고 말할 수 있는 걸까.

"완전 구석기인이네."

소희가 머리를 내 쪽으로 기울이며 속닥거렸는데, 뒤의 아이들도 다 들었는지 맞는 말이라며 공감을 표했다.

"서울 한복판에 구석기인이 살고 있었던 거야?"

"냉장고나 전자레인지도 없는 거 아니야?"

"옷은 빨래판을 이용해 손으로 빨고."

윤권호에 관해 한마디씩 하느라 아이들이 웅성거리자 소태 선생님이 교통정리를 시작했다.

"윤권호는 e말e글에 가입할 거야?"

"당연하죠."

대답은 시원했다.

"알았다."

소태 선생님은 잠시 난감한 표정을 지었고, 이것만은 꼭 확인해 봐야겠다는 듯이 물었다.

"e말e글에서 필요하다면… 생각을 조금씩 바꾸어 나갈 의향은 있을까?"

"그때그때 봐서요."

"와!"

몇몇 아이들이 자기 머리를 쥐어뜯었고 한 명이 더 바닥으로 내려가 주저앉았다. 주로 남자애들이었다. 선생님이 의자에 올라가 앉으라고 손짓하지 않았더라면 더 많은 아이가 따라 했을지 모른다. 윤권호는 아랑곳하지 않았다.

"저는 그냥 숙제를 공책에 적고, 그 공책을 문구점에 가서 복사해 오겠습니다. e말e글에는 꼭 들고 싶어요. 전 영화감독이 되어야 하거든요."

잠시 뒤 선생님이 좋다고 해서 윤권호 소동은 일단락되는 것처럼 보였다. 동아리 회장은 구명희가 추천하고 아이들이 찬성하면서 이소희가 되었다.

소태 선생님은 다음 주 과제 제시어를 발표했다.

"첫 번째 글감은 '휴대 전화'다. 휴대 전화를 소재로 어떤 글을 써도 상관없지만, 상상력을 잘 발휘했으면 한다."

몇몇은 표정이 애매했다. 휴대 전화라는 글감을 그다지 반기지 않는다는 인상을 받았다. 윤권호는 뭐가 그렇게 신이 나는지 여러 가지를 물었다.

"선생님, 분량은 어느 정도면 되나요? 그냥 이야기를 작성한다고 생각하고 쓰면 되는 거죠?"

나는 웃음이 나왔고 웃음을 참으려고 쳐다보았더니 소희는 눈살을 찌푸리고 있었다.

우리 반 구명희가 깜짝 놀랄 만한 질문을 한 것은 그때였다.

"선생님이 아이들 휴대 전화 빼앗는 것을 가지고 글을 써도 될까요?"

일순간 분위기가 싸해졌다. 가방을 싸던 아이들까지 조용해지며 선생님 눈치를 살폈다.

"당연히 된다."

소태 선생님이 대답하자 구명희가 다시 한번 도발했다.

"어떤 내용이어도 상관없나요?"

소태 선생님은 웃으면서 고개를 끄덕였다.

"와!"

몇몇 아이들의 환호가 내 귀에는 예사롭게 들리지 않았다. 휴대 전화를 빼앗는 선생님은 다름 아닌 소태 선생님이었기 때문이다.

"나를 얼마든지 제물로 삼아도 좋다. 하지만 그럴듯해야 한다."

소태 선생님이 마무리를 지었다.

소태 선생님은 학생에 대한 체벌이 금지된 시대를 독특하게 대처해 나가고 있는 교사이다. 수업 시간에 휴대 전화를 사용하다가 걸리면 학생을 벌을 주거나 나무라는 대신 휴대 전화에 대고 훈계하고 엄벌을 내린다.

"나의 착하고 재주 많고 성실한 제자 ○○○를 유혹해서 수업 시간에 딴짓하도록 만들었으니 휴대 전화, 네 이 못된 것을 서랍에 가두어야겠다."

형량은 최소 일주일로 생각보다 높은 편이다.

"차라리 등교하자마자 휴대 전화를 거두는 게 낫지 않을까요?"

그런 주문도 있었다. 1반과 6반은 학부모들의 건의를 선생님이 받아들여 그렇게 하고 있다고 들었다. 소태 선생님은 단호했다.

"내 교실에서의 방침은 자율이다. 자신이 없는 사람은 학교에 휴대 전화를 가지고 오지 않으면 된다."

그렇게 하여 3월 한 달, 우리 교실에서 가장 뜨거운 이슈는 휴대 전화였는데 그게 글제라니. 아이들이 흥분하는 것은 당연했다. 벌써 복수라는 말이 심심찮게 나오고 있었다. 다들 선생님에게 펀치를 날리기 위해 벼르는 분위기였다.

폭탄일까, 사과일까

"어묵 두 개씩만 먹고 가자."

버스 정류장으로 향하다 말고 소희가 포장마차로 나를 이끌었다. 안 그래도 골치가 지끈거리던 차였다. 고요하고 지루하고 졸릴 것 같은 e말e글 동아리에 뭔가 떨어진 것 같았다. 폭탄 같기도 하고 사과 한 알 같기도 하다. 얼마 전 소태 선생님은 어느 사진작가가 찍은 사진 한 장을 보여 준 적이 있었다. 누군가 군중들이 모여 있는 광장 한복판에 사과 한 알을 투척하는 광경이었다.

"나는 이 사과 한 알이 세상을 변화시킬 것이라고 믿는다."

소태 선생님의 해석이었다. 그런데 나는 윤권호를 보면서 왜 그 사과 한 알을 떠올렸던 것일까. 한 시간 내내 그 생각을 하느라 여간 피곤하지 않았기에 나는 소희를 따라 흔쾌히 포장마차로 갔다. 아줌마가 우리 몫의 간장을 작은 접시에 담아 내밀었다. 소희가 어묵 꼬치 하나를 집어 들면서 분통을 터트렸다.

"말도 안 되지 않니?"

"뭐가?"

"윤권호 말이야."

진짜 신기한 애인 것 같다며 나도 맞장구쳐 주었다. 충격적이라는 말도 덧보탰다. 지금까지 윤권호 같은 아이는 본 적도 들은 적도 없었다. 말 그대로 구석기에서 온 소년이었다.

그런데 소희가 문제 삼는 것은 그것이 아닌 것 같았다.

"진짜 짜증 나."

신기하거나 불쌍하거나 어이없는 게 아니라 짜증 난다고? 얼결에 고개를 끄덕이기는 했으나, 뭐라고 말을 얹어야 하나 궁리하느라 열심히 뜨거운 어묵을 불면서 온도를 식혔다.

'척하면 착!'이듯, 나는 미주가 입술만 삐죽여도 뭣 때문에 그러는지 알 수 있었다. 아이들이 입은 옷, 사용하는 화장품, 말투나 걸음걸이. 미주가 문제 삼는 것은 늘 그 정도였고 무엇보다 나와 마음이 잘 맞았다. 그런데 소희 앞에만 서면 척

하면 착이라는 내 안의 기계가 고장 난 것 같았다. 성능이 너무 낮으니 업그레이드라도 시켜야 할까. 마침 소희가 교실에서 인상을 찌푸렸던 타이밍이 구세주처럼 떠올랐다.

"걔가 좀 말이 많고 설치는 것 같았어."

그러면서 쓱 소희 눈치를 보았으나 잘못 짚었다는 것을 알았다. 소희는 먹으려고 잡았던 어묵 꼬치를 버리듯이 간장 종지 위에 걸쳐놓았다. 탁, 소리는 안 났지만 간장 종지가 엎어질까 봐 불안할 정도였다. 다행히 소희가 나에 대한 시험을 멈추고 정답을 유출했다.

"난 이해가 안 가. 영화 좋아하는 애가 왜 e말e글에 들어와 설치냐고."

소희 입에서 설친다는 말이 나오자 나의 호흡이 가빠졌다.

'맞네, 내 말이 맞았네.'

진하게 눈을 흘겼지만 소희는 그것을 정답으로 인정하지 않는 것 같았다. 이후에도 윤권호에 관해 한참을 더 구시렁거리더니 그만 가자며 다 먹은 꼬치를 내려놓았다.

"응?"

돈은 나더러 내라는 건가? 당황이 되었으나 마침 천 원짜리 몇 장이 있어 소희가 먹은 것까지 계산을 끝낼 수 있었다.

"그런데 말이야."

버스 정류장으로 걸어가면서 나는 슬쩍 소희의 팔짱을 꼈다. 짝지의 심기가 불편하다면 무엇 때문인지 헤아리고 해결 방법을 함께 찾는 것이 진정한 친구가 하는 일이다. 나는 오늘 동아리 시간에 있었던 일들을 떠올리며 운을 뗐었다.

"휴대 전화도 없으면서 휴대 전화에 대한 글을 쓸 수 있을까?"

진심으로 궁금했다.

"쓰든 말든 무슨 상관이야. 너 그 애한테 관심 있니?"

소희가 팔짱을 풀면서 톡 쏘았다.

"아, 아니. 미쳤냐?"

"그럼 왜 그런 걱정을 하는데?"

"걱정은 무슨. 엉터리 글을 써오거나 말도 안 되는 주장을 내세우면 수업이 꽤 시끄러워지겠구나 싶어서 그렇지."

선생님이 티브이나 인터넷을 싫어하느냐고 물었을 때, "살면서 별로 필요하다는 생각이 안 들어요." 하며 윤권호의 대답이 단호했던 것이 강한 인상으로 남아 있었다. 호기심은 아니었다. 사실 내 평가는 확고했다. 가난이 문제가 아니라면 그건 아무래도 이상해 보인다는 점이었다. 티브이는 그렇더라도 인터넷이나 컴퓨터는 호불호의 문제가 아니었다. 우리는 이미 초등학생 때부터 학교 숙제를 위해 인터넷으로 검색하고 자료를 받았으며 시각적 자료를 만들어 아이들 앞에서 발표했다. 인터넷을 사용하지 않았다면 윤권호는 도대체 그와 같은 과제에 어떻게 대처했을까.

"하긴…."

갑자기 소희 말이 옳다는 생각이 들었다. 나는 윤권호를 걱정했다. 동시에 나는 알게 되었다. 윤권호를 걱정하면 소희에게 미움을 받을지도 모른다는 사실을. 어떤 경우에라도 나는 소라게를 잃는 선택은 하지 않을 것이다.

"잘은 모르지만, 그 애가 과제를 써오면 엄청난 공격이 있을 것 같아. 안 그래?"

그렇게 말하는 순간 내 오른쪽 귀에서 번개가 치더니 찌르르 전기가 흘렀다. 내가 생각해도 너무 사악한 부추김이었다. 나는 소희를 꼬이고 있었다.

'그렇게 짜증이 나면 다음 동아리 시간에 풀어. 뒤에서 이러지 말고 앞에서 당당하게 풀 방법이 있잖아.'

소희는 내 말을 알아들은 것 같았다.

"암튼 윤권호, 이상한 소리만 해 봐. 그냥 듣고 있지 않을 거야."

그러더니 마침내 내 팔짱을 받아들였고 표정도 달라졌다. 내가 탈 버스가 먼저 왔는데도 나를 향해 손을 흔드는 소희의 표정은 어둡지 않았다.

"휴."

집으로 돌아가자마자 관찰 일기에 다음과 같은 구절을 적어 넣었다.

안간힘을 다해 지켜냈구나. 너의 소라게. 좋아?

수요일은 학원 수업이 없는 날이라 저녁을 먹은 뒤에 느긋하게 티브이를 보다가 8시가 넘어서야 내 방으로 들어갔다. 책상에서 나를 기다리는 것은 온갖 종류의 과제였다. 수행평가도 문제지만, 다음 주까지 내야 할 e말e글 과제는 거의 공포감을 불러일으켰다. 내가 소희에게 부추겼던 공격이 나를 향해 날아오지 말라는 법은 없었다.

휴대폰. 에세이와 소설의 중간 버전.

물티가 기록한 내용이었다. 관찰 일기니까 긴 문장은 쓸 필요가 없었고 한두 줄 쓰고 그 옆에 낙서처럼 기분이나 욕을 적어 놓을 때가 많았다. 욕을 먹는 것은 주로 나, 곽윤지였는데 뭐 대단하거나 비밀스러운 욕은 아니었다. 바보, 멍청이,

굼벵이, 두꺼비 같은 글자가 대부분이었고 가끔은 불쌍하다, 또는 미안하다 같은 글자도 있었다. 물티는 연약하고 작고 힘없는 물고기니까 호흡이 짧은 것은 당연하다. 그리고 물티가 보고 있는 것은 아직 곽윤지 한 사람이다. 다른 사람을 볼 수 있을 만큼 시력이 발달하지 않았다고 할 수 있다. 어쩌면 눈이 없는 것인지도 모른다.

그런데 이제는 긴 문장을 써야 한다. 아이들은 내 글을 읽고 이러쿵저러쿵하다가 감 놔라 배 놔라 할 것이다.

불쌍해, 너무 불쌍해.

물티는 관찰 일기에다 그렇게 덧붙여 보지만, 기분이 나아지지는 않았다. 소라게 껍데기 속으로 더 깊이 숨어 버린 느낌이었다. 혹시나 해서 중학교 때 관찰 일기를 뒤적거렸더니 휴대 전화에 관한 기록이 조금 있었다.

휴대 전화 액정이 깨짐. 추운 날씨에 길에서 전화를 받다가 떨어뜨림.

그게 전부였다. 2020년 12월 3일이라고 표시되어 있었다.

다음 관찰 일기에 의하면 얻어맞을 각오를 하고 엄마한테 고백한 뒤 함께 매장으로 나갔더니 액정이 아니라 필름이 깨진 거라고 하면서 매장 직원이 공짜로 갈아 주었다고 되어 있었다. 그날의 기분은 희희낙락이라고 표시되어 있었다.

"단세포 동물이야. 너무 단순해."

나는 관찰 일기를 덮고 한숨을 푹 내쉬었다.

아이들이 소태 선생님에게 질문을 퍼부어 댈 때 혹시 과제를 올리지 않으면 어떻게 되냐고 나도 물어봤어야 했다. 선생님에게 혼이 나는 것은 괜찮지만 아이들 앞에서 망신당하는 일은 피하고 싶었다. e말e글의 못난이로 찍히기는 싫었다.

적당한 글감이라도 찾을 수 있을까 싶어 인터넷으로 검색해 봤지만 별로였다. 그렇다고 선생님이 휴대 전화 빼앗는 것을 두고 이러니저러니 하자니 용기가 나지 않았다. 휴대 전화를 빼앗긴 적이 없으니 손해를 본 적도 없고 쌓인 감정이 있지도 않았다. 궁리하다가 소희에게 무엇을 써야 할지 모르겠다는 문자를 보냈다.

소희가 대답했다.

너도 휴대 전화 있잖아. 네 휴대 전화에 관한 이야기를 써.

알았다고 답은 보냈지만, 왠지 모르게 얼굴이 붉어졌다. 책을 많이 읽었다더니 휴대 전화를 두고 생각하는 게 벌써 달랐다. 다행히 내 휴대 전화를 뒤적거려 보다가 뭔가를 찾아냈다. 모바일 메신저 '나와의 채팅'에서 물티의 메모를 발견한 것이다.

정경이가 나를 피해 몸을 뒤로 멀리 뺌.

무슨 상황인지 훤하게 기억났다.

"우유 당번이 너지? 선생님이 잠깐 교무실로 오래."

그 말을 전하려고 다가갔는데 정경이가 자기 입을 막으면서 나를 피해 몸을 뒤로 멀리 빼는 것을 보고 내 입에서 냄새가 나는 모양이라고 생각했다. 어쩌면 머리 냄새일는지 몰랐다. 그 전날 머리를 감기는 했지만 귀찮아서 대충 감았다. 샴푸도 한 번만 사용했다. 아직 소희와 친해지기 전이었고 모르는 아이들 틈에서 교실이 살얼음판 같다고 느낄 때였다. 그날 아침 양치질은 했던 것이 떠올라 기분은 더 가라앉았다.

'나와의 채팅'에는 그밖에 다른 메모도 있었지만, 학교 준비물이라든가 저녁에 엄마한테 부탁할 것 등이었다. 잊어버리지 않으려고 적어두었다. 말하자면 학교에서 작성한 물티의 메모는 정경이가 나를 피해 몸을 뺐던 것 하나였다.

'학교에 온 물티.'

그런 생각을 하자 글감이 떠오를 듯했다. 물티는 집에만 있는 아이인데 어느 날 학교에 왔다면 휴대 전화에 숨어, 휴대 전화를 타고 온 셈이다. 내 휴대 전화는 물티의 교통수단이다.

'어떤 교통수단?'

생각은 거기까지 진행되었다. 꽤 진척되니 어떻게든 과제는 할 것 같았다.

순식간에 일주일이 흘러 다음 동아리 시간이 찾아왔다. 수업 시간을 20여 분 남겨두었을 때 소태 선생님이 우리 반 e말e글 아이들을 향해 말했다.

"오늘부터 동아리 수업은 시청각실에서 한다."

그러더니 회장인 소희를 향해 이따가 아이들이 오면 그곳으로 데려오라고 했다. 빔프로젝터를 손봐야 해서 선생님은 먼저 가 있겠다고 했다.

소희가 내 어깨를 툭툭 치더니 눈짓했고 다른 아이들에게는 이렇게 말했다.

"내가 동아리 회원들한테 시청각실로 가라고 메시지 보낼 테니까 너희는 먼저 가 있어."

그때까지 나는 상황 파악이 덜 된 상태였다. 소희가 말하는 것을 곧이곧대로 믿으며 가방을 쌌다. 교실을 나가던 구명희가 소희에게 말했다.

"윤권호는 메시지 못 보니까 네가 마지막까지 남아서 데려와."

그제야 내 머리에 반짝! 불이 들어왔다. 소희는 입술을 삐죽이더니 그냥 가자며 내 팔을 잡아끌었다.

내가 찜찜하다고 했더니 소희가 나무랐다.

"칠판에다 시청각실로 오라고 써놓았다고 하면 되잖아. 윤권호가 못 봤다고 하면 누가 지웠나 보네, 하면 되는 거고. 뭐가 걱정이니?"

"그, 그래."

하지만 소희와 내가 도착한 지 5분도 안 되어 윤권호가 시청각실로 들어왔고 아무렇지도 않은 듯 자리를 잡고 앉았다. 소희와 나는 서로를 마주 보며 입을 딱 벌렸다. 차라리 잘된 일이었다. 아무리 그래도 장소를 따돌리는 것은 너무 야비했다. 윤권호가 싫다면 주어진 한도 내에서 얼마든지 표현할 수 있었다.

내가 티 나지 않게 안도의 한숨을 내쉬는 사이 소태 선생님이 시청각실에서 수업하는 이유를 밝혔다. 컴퓨터상으로 문장을 직접 수정하고 입력하는 방식을 취할 것이라고 했다.

"약속에 따라 과제를 가장 늦게 올린 오현수부터 시작하도록 하자. 선생님은 그냥 너희가 한 이야기를 종합하는 역할에 머물 테니까. 물어보고 싶은 것이 있으면 오현수한테 물어보도록. 자, 시작할까?"

오현수가 손을 들고 이의를 제기했다.

"제가 아홉 번째지 마지막은 아닌 것 같은데요."

윤권호가 글을 올리지 않은 상태에서 자기를 마지막이라고 단정하는 것은 부당하며 그 때문에 먼저 얻어맞는다면 다소 억울할 것 같다는 주장이었다. 논리에 맞는 소리는 아니었으나 윤권호가 상관없다고 하면서 순서가 변경되었다.

윤권호가 일어나 복사본을 일일이 나누어 준 것까지는 좋았다. 그런데 그걸 첫 번째로 받아든 구명희가 비명에 가까운 고함을 질렀다.

"선생님, 외계인이 또 싸놓은 것 같아요."

그렇게 윤권호 사태는 일주일 만에 재발하고 말았다.

구석기인의 똥

7분에 걸친 소란이 지나가고 난 뒤 윤권호가 복사본을 들고 앞으로 나갔다.

"그럼, 읽을게요. '선생님… 전화기 안 돌려주실 거예요?' 쭈뼛쭈뼛 선생님께 물어보는 봉수. '봉수야, 너 한두 번이 아니잖아. 선생님은 너만 보면 화가 나. 참을 수가 없어.' 선생님은…"

거기까지 읽고 나자 여기저기서 불만이 튀어나왔다. 구석기인의 똥도 이 정도는 아니었을 거라는 말이 나올 정도였다. 윤권호의 글씨는 지독한 악필이었다. 아무리 연필을 사용해 손으로 갈겨썼다지만 알아볼 수는 있어야 하는데 전혀 그렇지 않았다. 초등학교 1~2학년도 이 정도의 '지렁이체'는 아닐 것이다.

맞춤법도 심각했다. 쉼표가 있어야 할 자리에는 마침표가, 마침표가 있어야 할 자리에는 물음표가 찍혀 있는 식이었다. 소희는 ㅈ과 ㄹ이 분간이 안 가서 내용 파악이 어렵다며 펄펄 뛰었지만, 내 눈에는 필체가 가장 큰 문제였다. 필체란 규칙성이다. 어떤 사람이 ㄹ을 반복해서 같은 모양으로 쓸 때 그것을 필체라고 부를 수 있는 것이다. 윤권호의 글씨에는 모음과 자음이 같은 형태로 나타나 있지 않았다. ㅈ을 ㄹ처럼 쓰는가 하면 다음 행에서는 ㅅ이어야 할 자리에 ㅈ처럼 생긴 자음이 들어가 있었다.

오현수가 손을 들고 말했다.

"그래도 e말e글의 첫 발표 글인데… 그냥 제가 먼저 할까요?"

일종의 보이콧인 셈이었지만, 소태 선생님이 그냥 조금만 더 읽어 보자고 하는 바람에 오현수의 의도는 무산되고 말았다. 윤권호가 정체불명의 글을 계속 읽어나가는 사이 아이들은 하나둘 복사물을 손에서 놓아버렸다. 보지 않고 듣는 게 편했기 때문이다. 그러자 어느 순간 적응되었다. 형편없는 글씨와는 달리 윤권호는 막힘없이 술술 읽어 나갔다.

내용은 꽤 재미있었다. 맘에 드는 여자애한테 사귀자는 말을 던져놓고 대답을 기다리다가 담임에게 휴대 전화를 빼앗겨 버린 봉수라는 남자애 이야기였다. 발을 동동 구르던 봉수는 교무실로 몰래 들어가 담임 책상에서 자신의 휴대 전화를 훔친 뒤 여자애의 메시지를 확인한다. 여자애는 아무리 생각해 봐도 너랑 사귀는 건 힘들 것 같다는 대답을 남겼다. 절망에 빠진 봉수는 휴대 전화를 교무실 책상 위에 도로 가져다 놓은 뒤 모니터를 열고 그 안으로 들어가 숨어 버린다는 내용이었다.

윤권호가 글을 다 읽고 났을 때 왠지 멍해지는 느낌을 받았다. 다른 아이들도 비슷하지 않고서는 교실 안이 그토록 조용해졌을 리 없었다. 맞춤법에 대해서는 얼마든지 이러쿵저러쿵 성토할 만했으나 누구 하나 입을 떼지 않았다.

약 2분이 흐른 뒤 구명희가 윤권호에게 물었다.

"너희 6반도 선생님이 휴대 전화 빼앗아?"

"아니, 우리 반은 아예 아침에 등교하자마자 휴대 전화를 거두어 선생님이 보관해."

"그럼, 뺏길 일도 없겠네?"

"그렇지."

"그럼 어디서 힌트를 얻은 거야?"

“아, 뭐, 그냥 상상해서.”

그 뒤로 “그럼 네 글은 여러모로 사실이 아닌 거네.”라는 말이 나오면서 말도 안 되는 공방이 이어졌으나 소설과 에세이의 중간 형태인 데다 현실을 변형해도 된다고 이미 공지했으니 문제없다는 결론이 났다. 소태 선생님은 영화나 드라마, 소설 같은 데서 고민거리를 가져올 수도 있지만 이처럼 현실에 대해 생각해 보고 그것을 조금씩 바꾸고 변형하는 형태를 띨 때 재미있는 글이 나올 수 있다고 했다.

다음으로 토론한 것은 모니터 안으로 들어가 그 안에 숨는다는 내용에 관해서였다.

“그건 무슨 뜻인지 말해 줄 수 있어?”

한 아이가 묻자 윤권호는 잘 모르겠다고 했다. 그냥 그렇게 마무리하고 싶었을 뿐이라는 것이다. 차츰 맞춤법에 대한 지적도 나왔다. 틀린 단어는 틀린 것이라고 치더라도 특이한 어법이 반복되는 것이 너무 당황스럽다고 지적한 것은 오현수였다. 오현수 말대로 윤권호는 서술격 조사를 이상하게 사용했다. 예를 들면 ‘봉수는 그때 중학생이었다’를 ‘봉수는 그때 중학생이였다.’로 표기하는 식이었다. 다른 문장에서도 그렇게 사용하는 것으로 보면 윤권호는 서술격 조사의 사용법을 우리와는 다르게 알고 있었다. ‘~하려고’라고 하지 않고 ‘~

할라고'라고 하는 틀린 표현도 두 군데에서 반복되었으며 '~울라고 할 때마다'라는 대목도 눈에 띄었다. 아이들이 연이어 그 점을 지적하였을 때 윤권호가 말이 없었던 것은 당연하다고 느껴졌다. 글을 쓰겠다는 고등학생 아이가 그런 식으로 맞춤법을 틀린다는 것은 꽤 난감한 일이었기 때문이다. 아이들을 다시 한번 충격에 빠트린 것은 윤권호 글에 대한 토의가 끝나갈 즈음이었다. 윤권호는 노트 한 권을 보여 주었다.

"이게 제 글쓰기 노트인데요, 여기에 쓴 글을 문구점에서 복사해 왔습니다. 그런데 다들 제 글씨를 못마땅해하니까 다음부터는 컴퓨터에 옮겨 적도록 하겠습니다."

"집에 컴퓨터가 없다며?"

두어 명이 동시에 물었더니 윤권호는 조용한 피시방을 물색해 보겠다는 말로 눙쳤다. 표정은 나빠 보이지 않았다. 흡족해한 것은 소태 선생님이었다.

"듣던 중 반가운 소리네. 기왕이면 온라인 카페에도 가입하는 게 어때? 인원이 열 명이나 되다 보니 오프라인에서는 여러분들의 글을 다 논의하기 어려울 거야. 오프라인에서 못한 것은 선생님이 온라인으로 첨삭하려고 하는데, 어때?"

"네. 오늘 아니면 내일까지 카페에 가입해 보도록 하겠습니다."

목소리가 크고 시원해서 내가 사람을 잘못 보았던 것은 아닌지 착각이 일 정도였다. 고개를 갸웃거리다가 윤권호가 나누어 준 복사물을 다시 보았고 절대 그럴 리 없다는 생각으로 돌아와 혀를 차게 되는 것이었다. 어쨌거나 특이한 캐릭터였다. 답답하고 이상하면서도 시원시원하다니. 어느 것이 윤권호의 진짜 모습인지 속단하기는 일렀다.

소태 선생님은 윤권호의 노트를 살펴보고 나서 학원 같은 데 다닌 적이 있느냐고 물었고 윤권호는 없다고 했다.

"한 번도?"

"네."

"너 혼자 이렇게 쓴 거라면 대단하네."

소태 선생님이 칭찬했다. 윤권호의 공책에는 오늘 해 온 과제 말고도 여러 개의 다른 글이 있었던 모양이다. 엄마한테 아무런 단어나 불러 달라고 한 다음 거기에 맞춰 글을 썼다는 것이다.

"희한한 놈일세."

뒷자리에서 그런 소리가 들렸다.

다른 아이들 글은 윤권호에 비해서는 에세이 같은 느낌이 강했고 어딘지 모르게 엇비슷했다. 글 속에 등장하는 주인공들은 지나치게 휴대 전화를 들여다보았고 그것 때문에 공부를 소홀히 하고 있었으며 휴대 전화에서 벗어나려고 발버둥쳐보지만 잘 안된다는 내용을 담고 있었다. 제목을 '중독'이라고 붙인 아이가 둘이나 되는 것도 우연은 아니었다.

소희 역시 휴대 전화 중독을 다루었는데, 내가 볼 때는 우리 중에서 문장이 가장 완벽하고 깔끔했다. 곱고 화려한 장식이 많아 예쁜 꽃다발을 보는 것 같았다. 이를테면 '내가 들여다본 세상에는 달콤한 맛을 자랑하는 음식과 실없는 농담으로 가득 차 있었다.'라는 구절이었다. 몇몇 아이들이 소희의 글을 칭찬했고 내가 보기에도 나쁘지 않았다. 여기에 재미까지 더한다면 그야말로 작가 탄생이 아닐 수 없었다. 열 명의 글을 빠르게 읽어나가는 사이 그 누구도 선생님이 휴대 전화 빼앗는 것을 글감으로 채택하지 않았다는 사실을 알았다.

소태 선생님이 구명희에게 물었다.

"난 네가 나를 저격하는 글을 쓸 거로 생각해 청심환까지 챙겨 왔는데 아니었네. 어떻게 된 거야?"

구명희는 어떻게든 써보려고 했지만 쉽지 않았다며 입맛을 다셨다.

"언젠가는 꼭 해내겠습니다."

그러면서 주먹을 쥐고 파이팅을 외치는 바람에 웃음보가

터지고 말았다. 소태 선생님은 두 달쯤 뒤에 휴대 전화와 관련한 제목을 한 번 더 줄 테니 그동안 잘 생각해 보고 있으라고 했다. 구명희는 인상적인 말을 남겼다.

"현실을 변형해도 된다는 말을 못 알아먹고 경험에만 집착한 것 같습니다. 경험을 사실대로 적는 것을 진실한 표현이라고 생각했습니다. 이제 감을 잡았으니까 그때는 기회를 놓치지 않겠습니다."

폭소가 터질 줄 알았는데 아무도 웃지 않았고 잠시 뒤에는 박수가 터져 나왔다. 구명희의 말이 오늘 수업의 핵심이라는 것을 모두 알았던 것 같다.

내가 발표한 '학교에 온 물티'는 지나치게 안전한 글이었다. 절대 지적당하면 안 된다는 신념으로 썼기에 눈에 띄는 단어와 구절을 전혀 사용하지 않았고 맞춤법 검사기를 거쳤으므로 틀린 단어는 나올 수가 없었다. 그 덕에 이것도 저것도 아닌 글이 되고 말았다. 내 발표에 대해 뭐라고 하는 아이는 단 한 명도 없었고, 소태 선생님은 "뭐든 조금만 더 자세히 써봤으면 좋겠네." 하고 지나갔다. 나는 그럭저럭 만족스러웠다.

'욕만 안 먹으면 돼.'

그것이 나의 목표였다.

가이드 정하기

소태 선생님이 다음 주 글감을 '손수건'이라고 발표하자 또 다시 질문이 터졌다.

"요즘 세상에 손수건 사용하는 학생이 어디 있습니까?"

그것이 불만의 요지였지만 3분도 되지 않아 수그러들었다. 휴대 전화도 없는 아이가 휴대 전화에 관해 이야기하는 것을 우리 모두 목격했기 때문이다.

선생님은 글감을 바꿀 의향이 없다고 했다. 우리 생활과 동떨어지지 않은 생활 밀착형 글감을 네다섯 번 진행해 보고 그 결과를 분석해 보고 싶다는 데에는 할 말이 없었다. 나는 다시 무력감에 휩싸였다. 손수건은 휴대 전화보다 더 어렵고 곤란한 소재로 느껴졌다.

"그만 떡볶이 먹으러 가 볼까?"

그리하여 소태 선생님과 함께 학교 앞 분식집으로 몰려갔으나, 몇 명이 이런저런 핑계로 빠지면서 최종적으로 남은 인원은 선생님까지 해서 모두 6명이었다.

"저는 떡볶이 안 먹고 핫도그 먹어도 돼요?"

1반의 주영이가 물었으나 대번에 반발을 샀다. 그 분식집에는 핫도그를 안 팔았으므로 밖으로 나가 다른 곳에서 사 오는 수밖에 없었기 때문이다.

"그냥 먹어."

"매너가 없냐."

"네가 그렇게 잘났어?"

아이들이 한마디씩 하자 주영이는 시무룩해진 채 포크를 잡았으나 떡볶이는 먹지 않고 달걀만 골라 먹었다. 아이들이 다시 반발하자 주영이는 화를 내며 집으로 가 버렸다.

"그래, 집에 가서 맛있는 거 먹어."

소태 선생님은 주영이를 말리거나 나무라기는커녕 손을 흔들며 보내 주었다. 주영이가 사라지자 소태 선생님은 재빨리 화제를 바꾸었다. 인터넷 공모 사이트를 소개하면서 관련 학과에 진학하려면 공모전 같은 것에도 관심을 기울여야 한다고 했다. 거기서 좋은 결과를 거두면 입시에서도 유리해진다는 것이 소태 선생님이 공모에 도전하라고 권한 이유였다.

"혹시 응모해 본 적 있니?"

소태 선생님이 아이들을 둘러보면서 물었고 잠시 뒤에는 옆에 앉은 윤권호의 어깨를 툭 쳤다. 윤권호는 고개를 가로저었다.

"저는 그러고 싶지 않아요."

"왜?"

"남들에게 평가를 받는 게 싫어서요."

"평가라는 말이 싫으면 그냥 확인이라고 생각해. 오늘 우리 수업도 각자가 쓴 글이 어떤지 서로에게 확인받는 과정이었잖아. 혼자서 뭘 하는 것보다 친구들과 나란히 같이하면 재미도 있고 도움도 되는데, 안 그래?"

"동아리 수업은 괜찮지만…."

윤권호는 말끝을 흐렸다. 선생님은 학원은 다녀 본 적이 있느냐고 다시 물었다.

"없어요."

윤권호가 대답했다.

"초등학생 때도 안 다녔어? 태권도나 축구 교실도 있잖아."

"안 다녔습니다."

윤권호는 뭐가 어떠냐는 듯 어깨를 으쓱거렸고, 잠시 뒤에는 이렇게 말했다.

"그렇지만 샛별 궁전에 다녔어요. 어려서부터 중학교 1학년 때까지."

"샛별 궁전? 이름이 재미있네. 학원 같은 데야?"

"아니요."

그럼 무엇 하는 곳이냐고 물었더니 방과 후 돌봄 교실 비슷하다는 설명이었다. 주로 맞벌이하는 집 아이들을 돌봐주는 동네 아주머니였는데, 윤권호 부모님이 식당을 했고 자정이 다 되어 집으로 돌아오는 바람에 그 아주머니에게 의존할 수밖에 없었던 것 같았다. 하교 뒤에 그 집에서 간식도 먹고 숙제도 하고 낮잠도 자고 저녁까지 얻어먹고 집으로 돌아가는 것이 윤권호의 일상이었다고 한다.

"원래는 고등학교 졸업할 때까지 거기에 다니기로 예정되어 있었는데 몇 년 전에 아주머니가 갑자기 쓰러졌고 지금은 병원 중환자실에 입원해 계세요."

"오, 그래?"

소태 선생님이 심각한 표정을 지었다.

구명희는 그사이 문자를 통해 윤권호에 관해 수소문한 눈치였다. 이전 친구들(윤권호는 중3이 되던 해 초여름에 지금

사는 동네로 전학했다)을 통해 입수한 내용의 메시지를 나와 소희에게 은밀히 보여 주었다.

> 윤권호, 걔 완전히 골칫덩어리잖아. 과제 안 내고 수학여행도 안 가고 체육대회는 결석했어. 수업 시간에는 잠만 자고. 평균 미달자인데 야단쳐도 소용없으니 선생님들이 속 좀 썩었지.

내용을 확인한 소희가 입술을 삐죽였다.

"암튼 우리랑은 과가 다르다니까."

'과가 다르다는 것'은 우리 엄마 아빠가 대화를 나눌 때도 자주 사용하는 표현이었다.

"그 사람들은 우리하고 과가 다르잖아. 당신, 그 사람들이 전화하면 할 수 없이 받아야겠지만 절대 먼저 연락하면 안 돼. 가까이 지내서 좋을 게 없는 사람들이야."

그 때문인지 과가 다르다는 것이 내게는 수준 차이가 난다는 의미로 각인되어 있었다. 증거는 차고 넘친다. 초등학교 때부터 엄마는 나에게 특정 친구를 말하며 수준 차이가 나니 놀지 말라는 조언을 하곤 했다. 실제로 윤권호는 공부와는 높은 담을 쌓은 아이 같았다. 자퇴하지 않은 것은 천만다행이었다. 그런 아이가 어떻게 하다가 영화감독이 되겠다는 꿈을 꾸게 되었는지 신기할 따름이었다. 그런데 소태 선생님이 영화과에 가려면 성적을 꾸준히 관리해야 한다고 조언했을 때였다.

"저는 남들의 시선에는 신경 쓰고 싶지 않아요."

윤권호의 말이었다. 공모에 도전하지 않고 성적을 관리하지 않겠다는 의사 표현을 그런 식으로 하는 아이가 윤권호 말고 또 있을까.

담임이 물었다.

"그럼 네가 신경 쓰는 건 뭔데?"

"저는 그냥 제가 하고 싶은 것을 해요. 그게 다예요."

논쟁이 길어지지는 않았다. 우리 반 담임이자 e말e글의 지도 교사인 소태 선생님은 알았다고 했고 잠시 뒤에는 "패스!"라고 소리쳤다. 다음에 더 이야기하자는 말은 빈말 같았다.

소태 선생님이 물었다.

"e말e글 카페에는 가입할 거지?"

"그럼요."

"방법은 알아?"

"에이, 기계를 사용하지 않을 뿐 원리는 다 알아요."

윤권호가 씩 웃었다.

"그래? 내가 너에게 초대장을 보내야 하는데 아이디는 뭐로 할래?"

"아이디요?"

윤권호의 목소리가 움츠러들자 눈치를 챈 소태 선생님이 윤권호를 도울 가이드를 정하자고 했고 아이들은 즉각 이소희를 가리켰다. 회장이 해야 할 일이라는 것이다. 소희는 펄쩍 뛰었지만 빠져나갈 길은 없었다.

오현수가 소희에게 말했다.

"길은 알아?"

"무슨 길?"

소희가 짜증을 냈다.

"윤권호를 구석기에서 현대로 안내하려면 너부터 길을 알아야 하잖아. 내비게이션에도 그런 길은 안 나와 있을 텐데. 너 이제 어쩌냐?"

소희가 물컵이라도 집어 던질 것처럼 분해하자 소태 선생님이 소방관으로 나섰다.

"구석기에서 현대로 안내하는 길이라. 문학적인데? 아주 고급스러운 표현이야. 그래, 글도 그렇게 쓰면 돼. 멋있다, 오현수, 가이드는 네가 할래?"

오현수는 양손을 휘저으며 사양했다. 잠시 뒤 아이들이 "회장의 업무는 회장에게."라고 외치면서 응원하자, 결국 소희는 승복하는 눈치였고 얼결에 전화번호를 적어 윤권호에게 내밀었다.

“모르는 거 있으면 언제든 물어봐. 피시방에 공중전화가 있어야 할 텐데.”

소희의 표정이 나빠 보이지 않아서 내 기분도 덩달아 좋아졌다. 그때까지만 해도 나는 아무것도 모르는 바보였다.

길 안내 1

'손수건! 으, 손수건!'

집으로 돌아와서도 내 고민은 그것이었다. e말e글과 소태 선생님과 이소희와 오현수, 그리고 이 세계 전체가 나를 모함하고 궁지에 빠트릴 비밀을 숨기고 있었지만 나는 태어나 단 한 번도 사용해 본 적 없는 손수건과 씨름하느라 여념이 없었다.

욕실에서 양치질할 때도 머리는 온통 손수건으로 가득 차 있었다.

'언제 어디서나 휴지를 사용할 수 있고 물휴지도 넉넉해. 그런데 무슨 손수건?'

물티의 속삭임은 합리적으로 들렸다. 그렇더라도 손수건의 용도를 찾아내야 한다는 것은 알고 있었다. 잃어버렸다는 이야기라도 하려면 사연을 만들어야 한다. 그래야 소희 곁에 있을 수 있다. 소라게를 잃어버리면 물티는 버티지 못한다.

스트레스가 극에 달한 상태로 방 안을 왔다 갔다 하는 데 전화가 왔다. 모르는 번호여서 그냥 끊었더니 1분도 되지 않아 같은 번호로 또 전화가 걸려왔다. 약 5초가량 생각했으나 받을 이유를 찾을 수 없었다. 더구나 010으로 시작하는 휴대 전화의 번호가 아니라 일반 전화의 번호였다. 스팸이나 여론 조사 전화일 가능성이 컸다. 전화를 끊고 나서 차단하려고 휴대 전화를 여는 사이 또 벨이 울렸고 나도 모르게 통화 버튼을 누르고 말았다.

“이소희, 전화 끊지 마. 나, 윤권호야.”

다급하게 들리는 남자애 목소리에 나는 전화기를 손에서 떨어뜨렸다. 다행히 침대 위로 떨어져 깨지지는 않았다.

조심스럽게 수화기를 귀에 대고 물었다.

“여보세요?”

“어, 나 윤권호. 지금 피시방에서 회원 가입하고 있는데 모르는 게 있어서 물어보려고 전화했어. 통화 가능해?”

“나… 소희 아니고 곽윤지인데.”

"뭐라는 거야. 나 윤권호라고. 네가 내 가이드잖아. 난 지금… 그래, 맞아. 난 길을 잃었어. 뭘 어떻게 해야 할지 모르겠어."

"난 곽윤지라니까. 너 내 전화번호는 어떻게 알았어?"

"과, 곽윤지가 누구지?"

너무 황당해서 전화를 끊어 버리려다가 참았다. 생각해 보니 모를 수도 있었고 모르는 게 나았다. 하지만 모르는 나에게 전화해서 소희 아니냐고 묻는 것은 이해가 가지 않았다. 내 전화번호가 어딘가에 공개된 것도 아니고 내가 윤권호에게 전화번호를 가르쳐 준 적도 없었기 때문이다. 나는 전화기 쥔 손을 바꾸었다.

"잠깐만. 네가 어떻게 나한테 전화를 한 건데?"

윤권호는 대답은 하지 않고 곽윤지가 누구냐고 자꾸 물었다. 코미디 같았다. 한 아이는 네가 누군지 모르겠다고 하고 다른 아이는 네가 어떻게 나에게 전화를 건 거냐고 반복해 묻고.

대화의 진전은 내가 누구인지 이해시키고 나서 이루어졌다. 나는 e말e글의 회원이며 이소희와 같은 반 친구라고 하자 윤권호가 비로소 알아듣고 감탄사를 내질렀다. 하지만 그다음 말이 나를 경악에 빠트렸다.

"아, 그 코알라구나."

나는 즉각 말꼬리를 낚아챘다.

"코, 코알라?"

"미안. 다른 애들이 그렇게 말해서. 네가 이소희 등에 붙어 있는 코알라 같다고. 난 좋게 들었거든."

"……."

내가 물티가 아니라 구명희 정도만 되었어도 입에서 쌍욕이 튀어나갔을 것이다. 너무 어이가 없고 기분이 나빴다.

'남을 그런 식으로 기억하니까 좋니?'

나는 말없이 전화를 끊어 버렸다. 친절해야 할 필요를 조금도 느끼지 못했고 속에서 울음이 복받쳐 목 안이 간질거렸기에 통화를 계속할 수도 없었다. 그래도 마음을 다잡고 윤권호에게 이소희 전화번호를 문자로 넣어 주려고 했으나 불가능하다는 것을 알았다. 휴대 전화가 아니라 일반 전화였기 때문이다.

'어쩌지?'

하릴없이 이소희에게 전화를 걸었다. 윤권호가 전화해 온 번호를 가르쳐 주기 위해서였다. 하지만 소희는 전화를 받지 않았다. 세 통을 걸었으나 마찬가지였다.

'뭐지? 뭘까?'

생각하다가 우선은 문자로 소희에게 연락을 취해 두었다. 윤권호가 전화로 도움을 요청했으니 지금 전화를 걸어 보라고 말이다. 혹시 몰라 모바일 메신저 단체 대화방으로 들어가 "소희야, 내가 방금 너한테 문자 한 통 보냈어."라는 내용도 남겼다.

부엌으로 가서 음료수를 마시고 있는데 휴대 전화 벨 소리가 또 들렸다. 정말 집요한 녀석이었다.

"미친 새끼!"

소리를 질렀더니 빨래를 돌리던 엄마가 다용도실에서 튀어나와 무슨 일 있느냐고 다그쳤다. 티브이를 보던 아빠도 영문을 몰라 눈을 휘둥그레 떴다. 재빨리 내 방으로 돌아가 휴대 전화를 껐다.

침대 위에 누워 왜 동쪽과 서쪽이 뒤바뀐 것처럼 보이는지, 지구는 왜 거꾸로 매달려 있는 것 같은지 이유를 짐작해 보았다. 떡볶이 가게에서 상황에 떠밀린 소희가 자기 전화번호를 쪽지에 적어 윤권호에게 내밀던 장면이 떠올랐다. 이유는 하나였다. 이소희가 쪽지에 적은 것은 자기 전화번호가 아니라 내 전화번호였던 것이다.

'아니, 왜? 헷갈린 거 아닐까.'

역시 도리질을 쳤다.

'그렇다면 의도적으로?'

재빨리 관찰 일기를 꺼내 몇 자 적었다.

윤권호의 전화를 받았다. 나를 소희로 알고 있었다. 나에게 소희 등에 붙어 있는 코알라라고 했다.

소희가 일부러 그런 것 같다는 말은 적지 않았다. 사실 확인이 안 된 것을 사실처럼 적는다면 관찰 일기가 아니었다. 코알라 때문에 불쾌감을 느꼈다는 말을 적어 넣고 나니 더 화가 나지는 않았다. 표현은 감정을 안정시킨다. 관찰 일기가, 관찰 일기를 쓰는 물티가 나를 다독이고 위로하는 게 느껴졌다. 아이들에게 하지 못한 말, 세상에 대고 소리쳐야 할 말을 이렇게라도 대신하고 나니 숨이 쉬어졌다. 머리가 돌아가는 것 같았다.

'소희는 자신이 해야 할 궂은일을 너한테 떠밀고 있는 거야. 소라게의 횡포지. 집세라고 해야 할까. 너는 할 건지 말 건지 그걸 정하면 돼. 그나저나 너 윤권호를 혼자 만나 피시방 갈 수 있어?'

나는 아니라고 대답했다. 피시방은 가 본 적이 없었다. 중학교 때 많은 아이가 노래방에 몰려가곤 했지만, 그곳 역시 나에게는 미지의 세계였다. 엄마는 사거리 대각선 건너편에 있는 서점에도 혼자 가면 안 된다고 했다. 엄마가 다녀오라고 했더라도 나는 망설였을 것이다. 지금은 그래도 혼자 버스 타고 학원에는 갈 수 있다.

나는 휴대 전화를 켜고 윤권호가 걸어온 전화번호를 길게 눌렀다. 신호가 세 번쯤 갔을 때 전화를 받았다. 막 나는 곽윤지라고 말할 참인데 상대방이 무슨 무슨 피시방이라고 말하는 소리가 들렸다. 윤권호가 아니라 피시방에서 아르바이트하는 사람 같았다. 방금 전화 걸었던 윤권호라는 학생 좀 바꿔 달라고 했더니 나갔다고 하는 게 아닌가.

"아주 나갔어요?"

"피시 로그아웃한 걸 보면 그런 것 같은데요."

알았다고 하고 전화를 끊었더니 가슴이 콩닥거렸다. 약간 미안했다. 직접 피시방에 가지 않더라도 전화로 얼마든지 가이드가 가능했기 때문이다. 사실 몇 마디만 친절하게 알려 주면 되는데 그걸 가지고 가이드니 뭐니 하는 것 자체가 과잉 반응인지도 몰랐다. 게다가 나는 이소희 전화번호를 불러 주지도 못했다.

'할 수 없지 뭐.'

관찰 일기에 다음 내용을 마저 기록하고 수행 평가 과제를 작성하기 위해 노트북을 켰다. 30분쯤 흘렀을까 윤권호한테서 다시 전화가 걸려왔다.

"집에 가서 라면 끓여 먹고 피시방으로 돌아왔어. 나 도와줄 수 있어?"

내가 먼저 이소희 전화번호부터 받아 적으라고 했더니 윤권호가 대답했다.

"이거 이소희 번호 맞는데. 지금까지 이소희 전화를 네가 대신 받은 거 아니었어?"

"아니야."

속이 부글부글 끓었다. 자기 번호가 아니라 내 전화번호를 윤권호에게 가르쳐 준 소희의 얄미운 행동 때문에 그랬고 구석기인 윤권호의 어리바리함도 나를 화나게 했다.

윤권호는 남의 속도 모르고 염장을 질렀다. 분명히 낮에 소희가 적어 준 번호로 전화를 건 거라며 번호 확인까지 다시 했다. 아무리 들어 봐도 내 번호가 아닐 리 없었다.

윤권호가 말했다.

"너라도 나와서 좀 도와줄래?"

물티는 바들바들 떨었다. 혜성이 지구를 침략하기 위해 노리는 것 같았다.

"나가는 건 힘들어. 그냥 물어봐. 뭘 모르겠는데?"

"선생님이 보낸 초대장을 받기는 했거든. 그런데 카페 안으로 들어가지를 못하겠어."

나는 같이해 보자며 컴퓨터 모니터 앞에 앉으라고 하다가 머뭇거렸다. 피시방 전화기를 윤권호가 계속 사용하지 못할 거 같았다. 앞뒤 상황을 설명하자 기다리라고 하더니 곧 모르는 번호로 다시 전화를 걸어왔다. 아르바이트하는 형의 휴대 전화를 빌렸다고 했다.

'주변머리는 있나 보네.'

그런데 윤권호에게 카페 가입을 안내하다가 이상한 생각이 들어 e말e글로 들어가 봤더니 윤권호는 이미 카페에 입장해 있었다. 문제는 그다음이었다. 윤권호는 아직 안 되었다며 계속 우겼다. 자신은 '입장'을 한 적이 없다는 것이다. 온라인상의 입장을 이해하지 못했다. 오프라인처럼 대문을 두드리며 "여보세요.", "어서 오세요." 해야만 입장인 줄 아는 모양이었다.

그날 내가 윤권호에게 안내한 건 기껏해야 로그인과 로그아웃을 하는 방법이었다.

지렁이가 토해 놓은 흙

다음 날 소희를 만나자마자 어떻게 된 일이냐고 물었더니 소희는 무슨 말이냐며 시치미를 뗐다. 나는 e말e글 단체 대화방에 올린 것과 소희에게 보낸 문자 내용을 보여 주었다.

"못 봤어?"

"어머 이런 걸 올렸었니? 아우 나, 지금 처음 봤어. 뭐야, 나한테 문자도 보냈었구나."

"전화도 했었는데?"

"그래? 어제 내가 소리를 꺼두었어. 가족 모임이 있었는데 분위기가 너무 진지해서 휴대 전화를 들여다볼 수가 있어야지."

그러면서 그제야 내가 보낸 메시지와 전화 기록을 확인하는 척했다.

나는 말없이 내 자리로 가서 앉았다. 읽음 표시 여부로 메시지를 보았는지 안 보았는지 확인이 어렵다는 허점을 이렇게 이용하다니.

"우리 윤지 화났어?"

소희는 자신의 걸상을 내 옆으로 끌고 와 나를 달래고 아부하면서 난리였다. 분명히 나를 기만해 놓고 전혀 다른 표정으로 우린 친구 사이니 이해해 달라고 매달렸다. 나를 껴안고 자기 얼굴을 내 얼굴에 대고 비비기까지 했을 때는 하마터면 넘어갈 뻔했다.

'너 이제 어쩔래? 그냥 숙이고 들어갈 거야?'

물티가 묻고 있었다.

나는 틀었던 고개를 돌려 소희를 쳐다보았다.

"윤권호한테 내 전화번호는 왜 적어 준 거야?"

"윤권호한테? 내가?"

"윤권호가 그러던데. 네가 쪽지에 내 전화번호를 적어 줬다고."

"어머, 돌았니? 내가 왜 네 전화번호를 적어 줘. 윤권호가 그래? 걔 미친 거 아니야. 야, 따라와. 그 자식한테 당장 가서 확인하자."

소희는 잡아떼는 데서 그치지 않고 나를 윤권호 반 교실로 데려갔다. 발걸음이 당당하고 거리낌이 없었다. 나로서는 감당하기 어려운 난코스 중의 난코스인 셈이다. 소희가 특이한 캐릭터인 것은 사실이지만, 그보다는 내가 얼뜨기라서 둘의 차이가 더 부각되는 것인지도 모른다고 생각하면 개운치가 않았다.

6반 교실을 들여다보면서 윤권호를 찾고 있을 때 차임벨이 울려서 우리는 다시 교실로 돌아와야 했다. 소희는 쉬는 시간이 되면 윤권호한테 가서 확인시켜 줄 거라며 별렀다. 잠시 내가 착각했을지 모른다는 생각이 들 정도로 진지하고 확신에 찬 분위기를 연출하면서.

"윤권호 걔 어리바리한 줄만 알았더니 깜찍한 데가 있네."

수업이 시작되었을 때 소희가 내 옆으로 몸을 기울이며 속삭였다. 내가 용기를 내어 눈을 마주 보아도 굴하지 않기에 급기야 무슨 뜻이냐고 물었더니 "아니, 뭐…"라며 말끝을 흐렸다.

내 귀에는 윤권호가 일부러 거짓말했다는 이야기로밖에 들리지 않았다. 원래는 소희가 자기 전화번호를 윤권호에게 적어 주었는데 곽윤지한테 전화를 걸면서 소희 전화번호인 줄 알았다며 핑계를 댔다는 뜻이었다. 말이 안 되는 소리였다. 그렇다면 윤권호가 내 전화번호를 어떻게 알아냈는지는 뭐라고 설명할 것인가. 궁금했으나 더 묻지 않았다.

소희가 난코스인 이유는 대화를 나누면 나눌수록 미궁 속으로 나를 끌고 들어가는 듯하기 때문이다. 윤권호가 구석기인이라면 소희는 타의 추종을 불허하는 초현대인이다. 복잡하고 불온하고 착잡한 기분을 제공하지만 세련되고 능수능란하다. 현대인은 구석기인을 안내하기는커녕 어떻게든 따돌리려고 한다. 아마 수업 시간이 끝나고 쉬는 시간이 되면 소희는 또 무슨 핑계를 대서 윤권호라는 고인돌을 피하려고 하지 않을까. 나는 진실을 밝히겠다는 기대를 서서히 접고 있었다.

마침내 쉬는 시간이 돌아왔을 때 예상과는 달리 소희는 잔머리를 굴리지 않고 나와 함께 6반 교실로 가서 윤권호를 만났다. 몇몇 설치는 남자애들 때문에 난장판이 된 교실 한 귀퉁이에서 윤권호는 어눌해 보이는 왼손으로 무언가를 열심히 적고 있었다. 동아리 수업 때 보았던 그 노트였다.

소희의 표정이 대번에 호기심과 경계심으로 일그러졌다.

"벌써 숙제를 하냐?"

"어, 아직 첫 번째로 쓰는 건데 뭐."

"첫 번째라니 그게 무슨 말이야?"

소희가 공책을 낚아채자 윤권호가 정색했다.

"난 한 번 쓴 걸 옮겨 적으면서 글을 조금씩 고치는 편이야."

그러면서 휴대 전화에 관해 쓴 페이지를 펼쳐 보였다. 그 글 한 편을 완성하기 위해 여섯 번을 옮겨 적는 과정이 고스란히 표시되어 있었다. 노트를 넘겨 본 소태 선생님이 왜 이 사실을 말하지 않았을까 의아했으나 곧 이유를 알 것 같았다. 소태 선생님도 윤권호의 글씨를 알아보지 못한 것이다. 컴퓨터로 글을 쓰고 수정하는 과정을 거쳤더라면 절대 일어나지 않았을 일이었다.

소희가 비꼬았다.

"글이 아니라 글씨부터 고쳐야 하는 거 아니야?"

"많이 애쓰고 있는데 잘 안되네."

윤권호가 버벅거렸다. 도대체 고등학생이 되도록 뭘 했기에 이 모양인지 이해가 가지 않았다. 수업 시간에 필기만 제대로 했어도 이렇게까지 어수선하지는 않았을 것이다.

"무슨 글자인지 하나도 못 알아보겠다. 지렁이가 흙을 토해 놓은 것 같아."

e말e글의 회장씩이나 되어 곤경에 처한 회원을 어떻게든

꼬집어 뜯으려고만 하는 것은 이해가 안 갔지만 소희의 비유는 사실적이었고 매우 공감이 갔다. 윤권호의 글씨는 지렁이가 게워 놓은 흙이 깨끗한 냄비 밑으로 가라앉고 있는 모양새였다. 그 한 구절의 비유가 왠지 모르게 기분을 가라앉혔고 내 마음을 윤권호가 아니라 소희 곁에 붙어 있도록 만들었다.

역시 나는 물티였다. 코알라 체질을 타고난 것이다. 윤권호는 뭐가 튀어나올지 알 수 없는 오래된 숲속 풀더미 같았다. 멋모르고 들어가 앉았다가 이름 모를 벌레들에게 물어뜯기고 말 것이다.

나는 윤권호와 나누었던 전화 통화를 떠올리며 물었다.

"이번에는 한글 문서로 글을 작성해 카페에 올린다고 하지 않았어?"

"어, 최종 단계에서는 그렇게 할 거야. 지금은 아직 고치는 중이라."

"헐."

소희를 쳐다보았더니 아니나 다를까 두 눈이 이글거리며 불타고 있었다.

'나는 훨씬 전부터 글 쓰는 사람이 되고 싶었고 e말e글에 들어오려고 이 학교에 입학한 거라고. 그런데 듣도 보도 못한 구석기인이 나타나 내가 받아야 할 관심을 가로채? 게다가 대여섯 번을 수정한 다음 한글 파일로 옮겨 적으시겠다?'

소희의 표정은 딱 그랬다. 못마땅함과 질투가 뒤섞인 감정이 요동쳤다. 나는 이해가 갔고 약간 고소했다. 윤권호가 나를 대신해 복수하는 듯했다. 하지만 소희의 어깨너머로 윤권호의 노트를 들여다보고 또 들여다보아도 도대체 무슨 내용인지 연결이 되지 않았다. 소희의 중얼거림처럼 하나같이 더러운 필체였고 구불거리는 글씨들이 모음과 자음을 해체하면서 제각기 딴 길로 가고 있었다. 소희는 어지럼증을 호소하더니 윤권호의 노트를 손에서 내려놓고 짜증을 냈다.

"야, 내가 너한테 곽윤지 전화번호 적어 줬다고 했다며? 난 분명히 내 전화번호를 줬거든. 어디 봐. 내가 너한테 준 쪽지."

윤권호는 자신의 주머니며 가방과 필통 속을 뒤졌다. 하지만 쪽지는커녕 쪽지 비슷한 것도 나오지 않자 변명하기 바빴다.

"내가 버, 버렸나 봐. 어차피 틀린 번호라고 생각해서."

소희가 목소리를 높였다.

"난 분명히 내 전화번호를 적어 줬거든. 너 그따위로 말하고 다니면 안 되는 거야. 너 때문에 우리 사이가 틀어질 뻔했잖아."

그러면서 소희는 나를 옆으로 와락 끌어당겨 안았다.

윤권호는 미안하다는 소리는 하지 않고 눈만 멀뚱거렸다. 잠시 뒤에는 책가방에 달린 주머니를 뒤지면서 다시 한번 찾는 시늉을 했으나, 역시 헛일로 끝났다.

"난 분명히 내 전화번호를 적어 줬다. 확실히 해."

소희는 윤권호를 한 번 더 어르고 나서 "여섯 번이 아니라 아홉 번쯤 다시 써보는 게 어때? 구증구포라는 옛말도 있잖아." 하더니 그만 가자며 나를 잡아끌었다. 그러자 물티 이 바보는 또 졸래졸래 소희를 따라 교실로 돌아왔다.

역행

그 다음 주 화요일 저녁 9시 40분쯤 나는 손수건에 관해 쓴 글을 e말e글 카페에 올렸다. 늦게 올리면 첫 번째 발표자가 될 수 있었기에 되도록 10시를 넘기지 않으려고 노력했다. 올리고 나서 확인했더니 다섯 번째였다. 적당한 순서라고 생각해 만족스러워하며 윤권호의 이름을 찾았으나 없었다.

'지금쯤 피시방에 있으려나? 이러다 피시방이 문을 닫으면?'

윤권호는 아마 노트를 복사해 올 것이고 우리는 꼼짝없이 지렁이가 토해 놓은 흙 같은 글씨를 영접하게 될 것이다. 나는 관찰 일기에 오늘 일을 기록했다. 내가 e말e글에 과제를 올린 시각을 적은 다음 괄호를 치고 윤권호는 아직 안 올렸음, 이라고 적었으나 곧 밑줄을 그어 지웠다. 물티는 자기 행동에 대해 이렇게 평가하고 있었다.

'네가 상관할 바 아니지.'

나는 고개를 끄덕이며 얼른 관찰 일기를 덮었다. 가벼운 마음으로 우유 한잔 마시고 양치질하는데 마음이 자꾸 불안했다.

'구석기인이 피시방에서 또 전화를 걸어온다면?'

나는 얼른 방으로 뛰어 들어가 휴대 전화를 꺼 버렸다. 소희마저 전화기를 꺼놓는다고 하더라도 할 수 없는 일이었다. 더는 남의 일을 대신하고 싶지 않았다. 윤권호만 아니면 소희와의 사이도 나빠질 게 없었다. 우리는 여전히 아침이면 학교 앞에서 만나 교문을 함께 통과했고 나란히 앉아 급식을 먹었으며 수행 평가와 숙제에 관해 상의하면 소희는 자기가 아는 정보를 아낌없이 나눠 주었다. 나는 소희의 코알라로 돌아간 것이다.

자려고 누웠을 때는 이런 생각을 했다.

'만약 파일을 만들어 카페에 올리는 법을 모르겠으면 옆에 있는 애들한테 물어봐야지. 하다못해 피시방에서 아르바이트하는 형한테라도 물어보면 되는 거야. 나한테 전화해서 물

어보는 것보다 그게 훨씬 자연스러운 거 아닌가.'

그러니 전화기를 꺼놓는 것은 너무나 정당한 행위였다.

하지만 그 상상은 좋지 않은 결말을 맞았다. 다음 날은 단축 수업이어서 급식도 먹지 않은 상태로 시청각실로 갔더니 윤권호가 지렁이체 복사물을 아이들에게 나눠 주고 있었다. 그때 알았다. 지난밤에 그는 누군가에게 전화를 걸어 도움을 청하려고 했으나 아무도 받지 않았다는 것을.

그래도 다행인 것은 몇몇 군데를 빼고는 글씨가 아주 좋아졌다는 점이다. 문맥을 파악하기는 여전히 힘들었지만, 읽는 것이 가능한 문구가 늘어난 건 사실이었다. 어떻게 된 일인지, 나에게 전화를 한 적이 있는지 궁금했으나 물어볼 수는 없었다. 어제 전화기를 왜 꺼놨냐는 질문이 반사되어 돌아온다면 나는 몸 둘 바를 모를 것이다.

그때 우연히 보았다. 소희가 윤권호의 복사물을 훑어보는가 싶더니 갑자기 몇 겹으로 접어 주머니에 넣고 밖으로 나가는 것을.

"어디 가?"

"화장실. 혼자 다녀올게."

소희가 말했다.

화장실에 가서 몰래 읽어 보려고 하는 건가. 화장실 칸막이 안으로 들어가 윤권호의 복사물을 읽으면서 얼굴이 붉으락푸르락하는 소희의 모습을 떠올리자 저절로 웃음이 나왔다.

수업이 시작되었고 사태를 파악한 소태 선생님은 오늘은 글을 올린 순서에 따라 발표하라고 했다. 글을 일찍 올린 아이들 몇몇이 한숨을 내쉬었다. 첫 번째, 두 번째 발표자에게는 날벼락일 수 있지만 윤권호의 복사물을 맨 밑으로 넣는 것만으로도 몇몇은 안도감을 느끼는 것 같았다. 첫 주자는 구명희였다.

"흐리게 가라앉은 하늘에서 공기가 내려와 길게 늘어뜨린 새하얀 천을 춤추게 한다. 어머니는 맨발로 다가가 천을 접은 뒤 가위로 자르기 시작했다."

한껏 멋을 부린 글이었다. 초보자 축에 끼지 못하는 내 눈에도 '공기가 내려와' 같은 문장은 어색해 보였다. 공기가 아니라 바람이라고 해야 맞는 표현이 아닐까 싶었으나 정확한지는 알 수 없었다. 나는 그것을 몰래 표시해 놓았고, 마침내 할 말을 찾아낸 내가 대견스러웠다. 나 혼자만의 힘으로 다른 사람의 글을 읽고 말할 수 있다면 얼마나 좋을까. 소희에게 기대지 않고도 학교생활이 가능하다면 그보다 좋은 일은 없을 것이다.

5분도 되지 않아 기대는 여지없이 무너졌다. 아이들이 저마다 나서 구명희의 글에 관해 이러쿵저러쿵했는데 '공기가 내려와'에 관해 지적한 아이는 두 명이나 되었다. 소희는 그 구절을 이렇게 수정했으면 좋겠다는 의견을 냈다.

"바람이 흐리게 가라앉은 하늘을 뒤흔들며 길게 늘어뜨린 새하얀 천을 춤추게 한다."

그러자 아이들이 고개를 끄덕였고 소희는 으쓱해하며 밝은 표정을 지었으나 곧 어두워졌다. e말e글 첫 수업 때는 몰랐지만 사실 그것은 어두워지는 것이 아니라 긴장하는 것이었다. 나는 소희가 동아리 시간에 유달리 긴장하는 이유를 정확히 모르고 있었다. 그만큼 글을 잘 쓰고 싶은가 보다 짐작할 뿐이었다.

난 이미 소희에게 넌 유명한 작가가 될 거 같다고 덕담한 바 있다.

구명희도 그랬지만 소희나 다른 아이들의 글 속에서 손수건은 역시 엇비슷한 용도였다. 하나같이 국어사전의 뜻풀이를 보고 소재를 찾은 게 아닐까 의심이 들 정도였다. 손수건의 의미나 용도가 정해져 있는 것처럼 우리가 인식하고 있다는 것은 왠지 모를 슬픔을 불러왔다. 휴대 전화라고 하면 청소년들의 중독이고 손수건 하면 눈물을 닦는 것이라니.

윤권호의 순서가 돌아왔다. 글의 제목은 '바우와 대수'였다. 시대는 현대가 아니라 먼 옛날이었고 글 속에 등장하는 대수는 대나무가 그려진 손수건에 바우가 붙여준 이름이었다. 손수건에 대나무를 그려 넣은 사람은 바우의 엄마였다. 화목하게 살았던 바우네 가족은 멧돼지가 출몰하여 마을을 쑥대밭으로 만들면서 모두 사망한다. 유일하게 살아남은 것은 바우였고, 바우에게 남은 것은 대나무가 그려진 손수건(대수)이 전부였다. 바우가 멧돼지 사냥에 나선다는 것까지는 이해가 갔는데 그다음은 지극히 이상했다. 피웅, 슝, 꺄악 같은 이상한 글자들이 남발하면서 내용이 오리무중으로 빠져들었다. 영어 듣기 평가였다면 잘 듣다가 중간에 맥락 파악을 포기한 사례랄까.

비단 나만 그렇게 생각한 건 아닌 듯했다. 윤권호가 자신이 쓴 글을 다 읽자마자 비판이 쏟아졌다. 글씨가 악필이라 못 읽겠다는 의견이 가장 많았다.

"글씨는 의사소통 도구인데, 이렇게 성의 없이 작성하여 남에게 내민다는 것은 타인에 대한 예의가 아니며 소통 의지가 없다고밖에 볼 수 없어."

똑 부러진 목소리로 말한 것은 2반의 신영주였다. 아이들이 영주 말에 공감하며 손뼉을 치고 있는데도 소희는 모바일 메신저를 들여다보느라 정신이 없었다. 궁금증이 일어 슬며시 소희 등 뒤로 가서 엿보았더니 엄마와 대화를 나누고 있는 게 아닌가. 두 사람의 대화는 다음과 같았다.

엄마

내가 대충 훑어봤는데 엉망진창이지만 힘 있는 글이고 배울 점도 많은 것 같아.

그게 뭔데?

엄마

너한테는 없는 것이 그 애한테는 있고, 그 애한테 꼭 필요한데 너한테만 있는 게 있어. 그러니 서로 배우면 좋을 것 같아.

글쎄 그게 뭐냐니까?

엄마

그 어떤 건강함?

아, 뭐래. 건강함은 개뿔. 글씨부터가 더럽잖아.

엄마

그건 겉모습이고. 암튼 가까이 지내면서 좀 배워. 훔치기라도 하라고.

아, 씨.

거기까지 읽고 나서 나는 얼른 내 자리로 돌아왔다.

'소희 엄마는 직장에 다닌다고 하지 않았나. 직장 일을 하면서 이런 일까지 신경 써 주다니.'

그런데 '훔치기라도 하라'는 말이 묘한 뉘앙스로 다가왔다. 나는 알고 있었다. 내가 엿본 것을 소희가 알게 해서는 안 된다는 것을. 두 사람은 윤권호와 윤권호의 글에 관해 이야기를 나누었다. 동아리 수업이 시작되기 전 윤권호의 복사물을 착착 접어 화장실로 가져가더니 그것을 사진으로 찍어 엄마한테 보내 의견을 물어본 모양이었다.

'왜 물어보는 거지?'

그 점은 도저히 이해가 가지 않았다. 그것을 메신저로 받아 읽고 의견까지 내는 소희 엄마도 이해할 수 없기는 마찬가지였다. 우리 엄마 같으면 자기가 그런 것까지 읽어야 하냐며 온갖 짜증을 다 냈을 것이다. 구석기인 따위는 우리 모임에서 추방해야 한다더니, 말과 행동이 어쩌면 그렇게 다를 수가 있는지.

마지막 순서로 오현수가 일어나 질문을 던졌다.

"이번에도 서술격 조사를 '~이였다'로 썼고 '울려고'를 '울라고'라고 했으며 '입가를 닦으려고 했다.'가 아니라 '입가를 닦을라고 했다.'라고 했습니다. 지난주에 많은 학생이 지적한 사항인데 왜 고치지 않는지 묻고 싶습니다."

윤권호가 변명조차 하지 않고 가만히 버티자 소태 선생님이 대답해 보라며 채근했다. 그러자 윤권호는 어록에 남길 만한 한마디를 남겼다.

"저는 잘 모르겠습니다."

"뭘 모르겠는데? 문법을 모르겠다는 거야, 아니면 다른 거?"

이후에도 윤권호는 가만히 침묵을 지켰다. 대화를 나누고 싶지 않은 모양이었다. 소태 선생님은 결국 "패스!"를 외치며 한발 물러났다.

나는 빠른 속도로 자판을 두드렸다. 윤권호가 복사해 온 글을 나도 모르게 컴퓨터로 옮겨 적었다. 일종의 역행이었다. 현대인이 구석기인의 시대로 돌아가 보는 선택이랄까. 타임머신은 아니지만 한번 도착해 보고 싶은 마음이 컸다. 구석기 시대에 뭐가 있는지, 이렇게 옮겨 적어 볼 가치가 있는지는 나중에 판단할 것이다.

소희가 엄마와 나눈 메신저 내용을 보았기 때문이라고 물티는 말했다. 어떤 건강함이랄까. 나는 소희 엄마가 말한 건강함이라는 단어의 실체를 알고 싶었다. 배우거나 훔쳐서라도 가질 필요가 있는 것이라면 더더욱 알아둘 필요가 있었다.

한편 나의 양쪽 귀는 원래의 역할을 잘 수행했다. 아이들의 발언을 놓치지 않으면서 베껴 쓰기를 계속했다. 윤권호의 태도 때문일까. 입을 다무는 아이들이 늘어났다. 지난주에는 압도당한 느낌이 강했다면 이번에는 무시하는 쪽이었다. 윤권호 네가 대화를 거부하니까 우리도 너를 받아들이고 싶지 않다는, 네 글을 인정하고 싶지 않다는. 딱 그런 분위기였다.

그사이 내 베껴 쓰기가 끝났다. 첫 번째 문장과 두 번째 문장의 파악은 쉬웠으나, 그다음부터는 긴가민가한 부분이 너무 많았고 어느 순간부터는 윤권호의 글씨를 내 마음대로 추측하여 고쳐 썼다. 맞춤법도 내 기준으로 대충 바꾸었다. A4 용지로 한 장이 조금 넘는 분량이었다. 나는 앞에서부터 읽기 시작했다.

"주변이 산으로 둘러싸인 대주봉이라는 마을에 강바우라는 한 꼬마가 살고 있었다. 바우가 5살 때 멧돼지가 대주봉 마을에 들이닥쳐 모든 걸 들이박아 버렸다. 들이박힌 것 중에는 수박밭, 대나무들, 바우의 엄마 아빠 등 수많은 마을 주민이 있었다…."

거기까지 읽었을 때 듣는 역할을 하던 귀가 경계경보를 발동했다. 소태 선생님이 다음 주 과제로 좋아하는 대통령이 누구이며 그 이유가 무엇인지 써오라고 했을 때 윤권호가 손을 들고 "저는 좋아하는 대통령이 없는데요."라고 말해서 분위기가 생각된 것이다.

잠시 옥신각신 여러 이야기가 오갔다. 좋아하는 대통령이 없는데도 억지로 써야 하느냐는 말이 다른 아이 입에서도 나오자 소태 선생님은 결국 소재를 '현관문'으로 바꾸었다.

구석기인, 네가 참 문제로구나.

나는 옮겨 적은 윤권호 글 밑에다 그 한마디를 첨가했다. 집으로 돌아가 관찰 일기에 옮겨 적을 셈이었다. 지금까지는 물티가 곽윤지를 관찰한 내용을 주로 적었지만, 그날 처음으로 물티는 나 아닌 다른 사람에 관해 적게 될 것이다. 엄마 아빠를 제외하면 미주와 소희에 이어 곽윤지의 관찰 일기 속으로 들어온 다섯 번째 타인이었다. 나는 그 점도 거기에 기록한 다음 그 내용을 파일로 만들어 나에게 보내는 메일함에 담아 놓았다. 마지막에는 로그아웃도 잊지 않았다.

소태 선생님이 다음 주에 보자며 수업 종료를 선언했다. 의자 끄는 소리, 가방 싸는 소리, 친구를 부르는 소리로 시청각실이 어수선해졌을 때였다. 소희가 급하게 다가와 내 팔을 잡아끌며 서둘렀다.

"빨리 가자."

교실 뒷문으로 나가다가 화장실에 다녀오는 윤권호와 부딪칠 뻔했으나 용케 피했다. 운동장에 나섰을 때는 소희가 불안감을 드러내기 시작해서 나는 영문도 모른 채 소희를 따라 뛰었다. 학교 밖으로 나가서도 한참을 더 뛰었고 우리는 어느 모퉁이 골목 편의점 앞에서 멈추었다. 소희는 음료수 두 개를 사서 나에게 하나를 건넸다. 콜라를 절반가량 마시고 난 소희는 제 가방에서 무언가를 꺼내더니 확인할 틈도 없이 내 가방에 쑤셔 넣었다. 내가 뭐냐며 등에서 가방을 풀려고 하는데 소희가 말렸다.

"집에 가서 봐. 지금은 보지 마."

그러더니 내 양손을 꼭 잡고는 잘 보관해야 한다고 말했다.

"나, 간다."

소희는 곧 어디론가 사라졌다. 귀신에 홀린 느낌으로 한참을 그 길 위에 서 있다가 가방을 벗어 소희가 쑤셔 넣은 내용물을 꺼냈다. 그것이 윤권호의 지렁이 노트라는 것을 알아차린 나는 얼른 다시 가방 안으로 집어넣고 주변을 살폈다.

지렁이 노트

소희는 전화를 받지 않았고 문자에도 답하지 않았다. 졸지에 도둑이 되어 버린 나는 어찌해야 할지 갈피를 잡을 수 없었다. 혹시라도 동아리 아이들 눈에 띌까 싶어 지렁이 노트를 가방 안에 집어넣기는 했지만, 이대로 집으로 가져갈 생각은 없었다. 하다 안 되면 학교 경비 아저씨한테라도 맡길 작정이었다.

"나쁜 계집애."

소희를 향해 욕을 하며 발을 굴러 본들 뾰족한 수가 있는 것은 아니었다. 나는 소희네 집도 모르고 주소도 몰랐다. 내가 아는 것이라고는 소희의 휴대 전화 번호가 전부였다. 어떻게 해야 할지 상담하려고 엄마한테 전화를 걸기는 했으나, 본론은 꺼내지도 못하고 전화를 끊었다. 엄마가 무슨 일 있느냐고 한마디만 물었어도 털어놓았을 텐데 할머니와 통화하고 난 뒤 감정이 정리되지 않아 엄마는 엄마대로 기분이 상해 있었다. 전화를 끊고 나자 윤권호에게 생각이 미쳤다. 그 애는 노트가 없어진 사실을 알고 있을까.

교실을 나올 때 부딪칠 뻔했던 것으로 보아 소희는 윤권호가 화장실 간 틈을 타 노트를 슬쩍 챙겼던 것 같다. 그런데 그걸 내 가방에 집어넣는 묘수를 발휘하다니. 도저히 용서할 수 없는 일이었다.

'도둑은 누구인가.'

그와 같은 질문에 직면하자 더는 참을 수 없는 심정이 되었다. 코알라도 좋고 무수리도 좋고 시녀, 하녀 다 좋지만 도둑이 될 수는 없었다. 방법은 노트를 주인에게 돌려주는 것이었다. 우선은 시청각실로 가서 윤권호가 있는지 확인해 보고 만나지 못한다면 담임에게 맡기는 게 나을 것 같았다. 소희가 훔쳤다는 말은 하지 않고 주웠다고 하면 그만이었다.

막 교문으로 들어가고 있을 때였다. 내 마음속 갈등을 훤히 안다는 듯 얌체 소희가 전화를 걸어왔다. 수화기를 열자마자 욕을 퍼부어도 시원찮을 기분이었으나, "야, 이소희!"라고 소리만 질렀을 뿐 나는 별다른 대응을 하지 못했다. 물티는 그런 나를 안타깝게 지켜보면서 한숨을 내쉬었다.

이번에도 소희는 시원하게 잘못을 인정하지 않았다. 인정하기는커녕 느닷없이 교회 다니라는 소리를 늘어놓았다. 목소리에서 절박감마저 느껴졌다.

"하느님을 믿어. 그럼 좋아. 나 너랑 같이 교회 다니고 싶어. 꼭 부탁한다, 응?"

소희는 어째서 이 타이밍에 이런 식의 회피를 하는 것일까. 자신이 만든 문제를 정면으로 응시하지 않는다면 거짓말이라는 샛길로 빠지는 것은 당연한 귀결인지도 모른다. 나는 말려들지 않을 작정이었다. 교회에 관해서는 가타부타 말하지 않고 지렁이 노트를 내 가방에 넣은 이유를 말하라며 소희를 다그쳤다.

소희가 대답했다.

"윤지야, 아까는 내가 일이 있어서 그만. 지금은 괜찮아졌어. 그 노트는 네 말대로 윤권호 거야. 내가 교실 바닥에서 주웠는데 기왕 내 손에 들어온 김에 한번 읽어 보자는 심정으로 너한테 맡긴 거야. 무슨 소린지 알지?"

"전혀 모르겠는데."

내가 비난을 퍼붓자 소희는 이렇게 말했다.

"잘 보관하고 있다가 내일 나한테 주면 돼. 그다음엔 내가 알아서 할게."

"그럴 필요 없어."

"뭐가?"

"그거 내가 담임 책상 위에 두고 왔거든."

입에서 거짓말이 술술 흘러나왔다. 사실은 지금 담임 책상 위에 가져다 놓을 거니까 새빨간 거짓말은 아니었다. 말이 행동보다 목적지에 먼저 도착한 것뿐이다. 소희는 펄쩍 뛰면서 안 된다고 했다. 내일까지 맡고 있기 어려우면 자기가 그 노트를 가지러 지금 학교 앞으로 오겠다는 것이다. 나는 소희를 더는 믿을 수 없었다. 5분 뒤에 또 뭐라고 말을 바꿀지 알 수 없기 때문이다.

"이미 학년 교무실 소태 선생님 자리에 두고 왔다니까. 원래는 주웠다고 하면서 선생님께 맡기려고 갔는데 교무실에 안 계셔서 그냥 두고 나온 거야. 내가 갖다 놓았다는 것도 모르실걸? 그러니 걱정하지 마. 넌 도둑 누명을 쓰지는 않을 거야."

그런 다음 일방적으로 전화를 끊었다. 고소하고 통쾌했다. 이 모든 것이 자립하는 과정이라고 생각하면 뿌듯함이 없지 않았다. 언제까지 소라게 껍데기에 숨어 살 수는 없었다. 어쩌면 바깥보다 그 안이 더 위험할 수 있었다. 남은 것은 자립을 실현하는 것이다.

곧바로 학년 교무실이 있는 본관 3층으로 올라갔다. 그런데 선생님들 사정으로 단축 수업을 한 것인데, 1학년 담임 대부분이 자리를 지키고 앉아 있었다. 소태 선생님은 일반 전화로 통화하는 중이었다. 갑자기 위축되면서 몸이 오그라들었다. 주웠다고 하면 소태 선생님이 믿어 줄까.

더 생각해 볼 것도 없었다. 나는 다시 계단을 내려와 1층 로비로 내려갔다. 커다란 괘종시계 앞을 서성이다가 혹시 모른다는 생각으로 시청각실로 올라갔더니 놀랍게도 윤권호가 거기에 있었다. 자기 자리에 앉아 엎드린 상태였다. 가까이 가 보지는 않았지만, 왠지 모르게 우는 듯했다. 우는 아이에게 노트를 내밀면서 뭐라고 하는 게 좋을까. 이 곤란한 덤터기를 왜 내가 뒤집어써야 하는지. 이럴 바에야 차라리 소희에게 노트를 전해 주는 것이 낫겠지만, 그마저도 불가능해진 상황이었다.

'미칠 것 같아.'

기막힌 상황에서 물티도 입이 얼어붙은 것 같았다. 꿀 먹은 벙어리가 되어 넋을 놓았다. 다시 1층으로 내려갔다. 선생님께도 윤권호에게도 노트를 내밀 배짱은 없으니 남은 방법은 지렁이 노트를 어딘가에 조용히 내려놓고 줄행랑치는 것이었다.

'어디가 좋을까.'

이번에는 우리 반 교실이 떠올랐다. 담임 자리가 노트를 내려놓을 최적의 장소였다. 3층으로 올라가기 전에 1층 화장실에 들러 찬물로 세수를 한 다음 칸막이 안으로 들어가 볼일을 보았다. 두렵고 걱정스러운 마음에 숨 좀 돌리자는 생각으로 변기에 앉아 지렁이 노트를 꺼냈다. 조금만 살펴볼 참이었다. 소희 엄마가 말한 건강함이 무엇인지 감이라도 잡고 싶었다. 만약 그것이 무엇인지 알아차린다면 앞으로 소희와의 관계도 잘 풀 수 있지 않을까. 일방적으로 소희에게 의존하는 게 아니라 내가 소희를 유용하게 사용할 수도 있는 일이었다.

앞에서부터 차근차근 넘기는데 내 심장이 폭발할 듯 날뛰었다. 여기저기, 군데군데 알아먹을 수 있는 글자들이 있었고 그것이 내 눈을 찔렀다. 나를 찌른 글자들이 무엇인지 여기에 옮겨 적을 수는 없다. 한마디로 그 노트에는 19금 단어가 즐비했다. 거의 모든 페이지마다 있었다. 소태 선생님과 소희가 지렁이 노트를 읽으려고 했을 때 윤권호가 정색했던 이유를 알 것 같았다. '휴대 전화'를 소재로 글을 쓸 때 여학생에 관한 관심을 드러냈던 것도 우연은 아니었다.

나는 얼른 노트를 덮었고 화장실 변기 덮개 위에 버리듯이 내려놓았다. 다시는 내 손으로 그것을 잡을 수는 없을 것 같았고 더더욱 내 가방에 보관하는 일은 하고 싶지 않았다. 지금 심정은 그것을 넣었던 내 가방을 집으로 가는 즉시 세탁기에 넣어 돌리고 싶었다.

'아, 어쩌지?'

그냥 두고 갈 수도 없고 가져갈 수도 없다고 생각하니 울고 싶은 게 아니라 죽고 싶었다. 지금까지 살면서 이런 위기에 처한 적은 없었다. 게다가 이 일은 내가 시작한 것도 아니었다. 나는 피해자인 동시에 애매모호한 가해자였다.

'어떡해, 물티야, 말해 봐. 어떻게 해야 하냐고?'

'그래도 여기에 버리고 가는 것은 아닌 것 같아. 너에게 그럴 권리는 없어.'

'나는 피해자인데?'

'피해자와 가해자가 정해져 있는 것은 아니잖아.'

'그럼, 어쩌라고?'

'일단은 가방에 넣어. 그리고 방법을 찾자.'

나는 겨우 고개를 끄덕였다. 19금 단어를 보지 않은 상태였다면 아무 데나 내려놓고 줄행랑치는 것이 가장 좋은 방법이겠지만, 지금은 판세가 바뀌었다. 무엇보다 이 노트가 아이들에게 공개되면 윤권호는 학교에 다니지 못할 가능성이 커진다. 아니, 학교에 다니지 못하는 게 문제가 아니었다. 그보다 더 큰 사고가 생길 가능성도 없지 않았다. 나는 다시 한번 고개를 끄덕였다.

'우리 반 교실까지만 가자.'

그렇게 결정하자 마음이 다소 안정되었다. 소태 선생님 책상 서랍에 넣어둔다면 아이들보다는 선생님이 그것을 발견할 가능성이 커지는 것이다.

'소태 선생님은 믿을 수 있고?'

물티가 재빨리 치고 들어왔다. 그게 무슨 소리냐고 물었지만 나는 이미 알고 있었다. 선생님 역시 문제 삼을 수도 있다는 것을. 동아리 시간에 소태 선생님은 윤권호가 감당이 안 될 때마다 "패스!"를 외치고는 쓴웃음을 지었고 그때마다 아이들은 선생님이 안됐다고 느끼는 것 같았다.

하지만 이 노트는 개인 노트였다. 개인이 자기 노트에 무엇을 적든 그것은 그의 마음이었다. 소태 선생님이라면 그 점을 고려할 것이다. 결심하고 나니까 마음이 한결 가벼워졌다. 가방을 어깨에 메고 씩씩하게 출발한 것까지는 좋았다. 그런데 2층에서 3층으로 올라가다가 계단에서 내려오는 윤권호와 딱 마주치는 불상사가 일어났다.

윤권호는 즉시 물었다.

"이소희는 어디 있어?"

"지, 집으로 갔는데, 왜?"

"이소희가 내 노트를 가져간 것 같아. 혹시 걔네 집 알아?"

"모, 모르는데."

그렇게 말해 놓고 나는 3층을 향해 두 계단 올라갔고 잠시 뒤에는 순식간에 다섯 계단을 뛰어 내려왔다. 하지만 계속 내려가지는 않고 멈추었다. 말 그대로 갈팡질팡했다. 묻지도 않았는데 윤권호는 조금 더 내막을 털어놓았다. 가방을 챙기다가 노트가 없어진 것을 알았고 교실을 늦게 나가는 오현수에게 혹시 내 노트 봤느냐고 물었더니 소희가 가져가는 것을 보았다고 했다는 것이다.

'아이코야.'

소희가 내 가방 안에 지렁이 노트를 쑤셔 넣고 난 뒤 한 시간 동안 내가 받은 상처와 마음고생이 모두 헛일로 돌아간 느낌이었다. 소희는 이미 내가 지킬 수 없는 상황에 놓여 있었는데 그것도 모르고 소희를 엄호하기 위해 안간힘을 다했다. 친구에 대한 예의와 배려심, 그와 같은 미덕을 잃지 않기 위한 노력이 물거품이 된 것이다. 그렇다고 가방에서 노트를 꺼내 윤권호에게 내미는 것도 어색한 일이었다.

윤권호가 말했다.

“혹시 네 전화기로 이소희에게 전화 좀 해 줄 수 있어?”

나는 뭐라고 변명할 말이 떠오르지 않아 내 휴대 전화를 꺼내 윤권호가 보는 앞에서 통화 버튼을 눌렀다. 소희는 받지 않았다. 두 번, 세 번 눌러도 마찬가지였다.

그런데 그때 아래층에서 다급한 발소리가 들리더니 허겁지겁 누군가 2층으로 올라왔다. 사복 차림으로 나타난 것은 놀랍게도 이소희였다. 이마에서 흘러내린 굵은 땀방울이 소희의 급한 마음을 대신 전했다.

만남

소희는 정신이 없어 보였다. 청바지 주머니를 연신 뒤지면서 불안함을 내비쳤다. 그러다가 나와 윤권호를 번갈아 쳐다보았다.

"저기… 있잖아. 그러니까 윤지야…."

하지만 윤권호가 옆에 있는 한 소희의 버벅거림은 끝날 수가 없었고 논리 정연한 말로 바뀌기도 어려웠다. 말하고는 있지만, 그것은 말이 아니었다. 내가 본 것은 표정으로 도움을 청하는, 스스로 꾀에 걸린 한 여자아이의 가엾은 얼굴이었다. 윤권호는 소심하지 않았다. 저만치 내 뒤에 서 있던 그 애는 뚜벅뚜벅 소희 앞으로 걸어갔고 당당하게 손바닥을 펼쳤다.

내놓아야 할 것을 내놓으라는 몸짓이었다.

"어, 뭐?"

소희는 두 걸음 물러났고, 윤권호는 두 걸음 더 소희 앞으로 다가갔다.

"내 노트. 네가 가져갔다는 거 알아. 돌려줘."

노트에 19금 수준의 요설을 늘어놓았던 윤권호는 그것을 읽었을지도 모르고, 읽었을 것으로 추정되는 인물인 소희 앞에서 조금도 꿀리는 기색이 아니어서 나는 놀랐다. 윤권호는 남을 의식하지 않는 뻔뻔한 성격인가, 아니면 그것도 글쓰기 연습의 일부라고 믿는 것인가. 그것을 읽고 난 뒤 내 마음에 새겨진 고약한 그림은 그것은 글쓰기도 뭣도 아닌 화장실 낙서에 불과하다며 호소하고 있는데 말이다.

뻔뻔하기는 소희도 마찬가지였다. 자신이 훔쳤던 노트가 담임의 손아귀로 들어가는 것을 막으러 왔다가 뜻밖의 사실을 알게 되었는데도 당황하지 않았다. 윤권호가 자기 노트를 네가 가져갔다는 거 안다고 말했으니 소희는 그 사실을 폭로한 사람이 나라고 믿을 것이다. 나를 배신하지만 않았어도 나는 얼른 끼어들어 필요한 정보를 제공했을 것이다. 네가 노트를 가져가는 것을 오현수가 봤으니 더는 지나치게 행동하지 말라고 말이다.

아무것도 모르는 소희는 포기하지 않았고, 여전히 반전의 기회를 노렸다. 그뿐만이 아니었다. 5분도 되지 않아 소희는 새로운 방법을 찾아냈다.

“아, 네 노트 내가 주웠던 거 맞아. 난 너한테 전해 달라고 윤지한테 부탁했었고. 윤지는 너를 찾다가 안 보여서 그것을 소태 선생님에게 맡긴 것 같아. 집에서 전화해 봤는데, 소태 선생님이 안 받으시더라. 퇴근하신 건가?”

소희는 손가락으로 아무 데나 가리켰다. 소태 선생님이 계실 수도 있는 그 어딘가를 지목하는 것 같았다.

‘여기 계신 건가 아니면 저기 계신 건가.’

소희는 온몸을 동원해 용을 쓰고 있었지만, 여기도 저기도 실체가 없는 헛된 가리킴이었다. 늘 그랬듯이 소희는 쇼하고 있었다. 쇼는 소희가 가장 선호하는 개인기였지만 이미 그 애의 세상에는 치명적인 구멍이 뚫려 버렸으므로 내 눈에 그것은 쇼도 연극도 아닌 가엾은 몸부림으로 보였다.

그 순간 나의 상상력은 빠르게 작동되었다. 나는 윤권호가 되어 윤권호 입장에서 이렇게 묻고 싶어졌다.

‘이소희, 내 노트를 어디서 주웠어? 혹시 내 가방에서 훔친 거니? 난 분명히 노트를 가방에 넣어두고 화장실에 다녀왔거든.’

나는 이소희의 세상에 난 구멍, 그 애의 얼굴에 생긴 미세한 균열이 윤권호에 의해 들키기를 바랐다. 하지만 윤권호 이 바보에게는 소희의 구멍에 주먹을 집어넣을 순발력도 그것을 잡아서 늘릴 악취미도 없었다. 감정과 논리를 세분화할 센서가 이 구석기인에게는 갖추어지지 않은 게 분명했다. 윤권호는 자기가 아는 사실을 드러내지 않은 채 이소희의 말을 그대로 받았다.

윤권호는 나에게 물었다.

"내 노트를 네가 소태 선생님께 맡겼다는 게 사실이야?"

이 무슨 날벼락인가. 19금이라는 윤권호의 약점과 소희가 저지른 도둑질의 실상을 고스란히 파악하고 있다면 세 사람 중에서는 당연히 내가 우월한 패를 쥐고 있는 셈인데 갑이 되어야 할 내 위치가 어째서 가장 위태로운 처지에 놓이고 말았는가. 하지만 어떻게든 대답해야 했다.

"아, 어, 소희 부탁을 받고 선생님 교무실 책상 위에 두고 나왔어. 아까."

비밀도 없고 약점도 없는 나의 허접한 거짓말이라니. 내 입에서 앓는 소리가 터져 나오는 것은 당연했다. 윤권호는 이미 소희가 노트를 훔쳤다고 알고 있는데, 나는 아무것도 모르는 소희와 보조를 맞추느라 이내 들통나고 말 거짓말을 한 셈이다.

윤권호는 약 10초간 고민하더니 이렇게 말했다.

"그래? 그럼 소태 선생님 책상 위에 가 봐야겠네."

윤권호는 별 고민 없이 3층으로 올라갔고, 소희와 나는 그 애를 따라갔다. 1학년 교무실에는 영어 선생님 혼자 있었다.

윤권호는 살금살금 교무실 안으로 들어갔고, 우리는 창문 밑에 숨어 윤권호의 행동을 지켜보았다. 윤권호가 소태 선생님 책상 근처까지 접근했을 때 영어 선생님이 윤권호를 불렀다.

"무슨 일이니?"

"저 국어 선생님의 동아리 학생인데요, 지금 심부름하는 중이에요."

윤권호는 뒤통수를 긁으면서도 기왕 들켰다고 생각했는지 빨라진 속도로 소태 선생님 책상으로 접근했다. 영어 선생님도 만만치 않았다.

"국어 선생님 퇴근하셨는데? 너 잠깐 이리 와 봐."

윤권호가 영어 선생님에게 다가갔다. 녀석은 거짓말을 인정하고 사실을 털어놓을까. 털어놓는다면 어떤 사실을 털어놓을까. 만약 윤권호가 자신의 잃어버린 노트를 곽윤지가 선생님 책상에 놓고 갔고, 자신은 그것을 되찾으러 왔다며 구체적으로 발설한다면 어떻게 될까. 교무실에는 시시 티브이가 있었고, 나는 오늘 교무실 안으로 들어간 적이 없었다. 내 거짓말은 윤권호의 거짓말이 되고, 윤권호는 내가 자기를 위태롭게 만들었다고 원망할 것이다. 그렇게 결론이 나면 이소희에게는 좋겠지만 그럴 리는 없었다. 오현수가 이미 사건 현장을 목격했기 때문이다.

또 다른 가능성도 있었다. 윤권호가 자신의 노트를 소희가 훔쳤고 그것을 곽윤지가 교무실에 가져다 놓았다고 해서 찾으러 왔다고 한다면 사건은 더더욱 미궁에 빠지고 말 것이다. 노트의 행방이 오리무중에 빠져들면 소희는 나를 의심할까.

그렇게 소희와 나, 윤권호는 저마다 걱정을 안은 채 서 있었다. 다행히 영어 선생님은 윤권호가 고양이 걸음으로 교무실에 들어온 사실 자체를 파헤치려고 하지는 않았다. 남다른 책임감과 탐구심을 발휘하다가 곤경에 처한 적이 있었던 교사라면 뭔가를 파헤치기보다는 자신이 하고 싶은 말을 하는 안전한 길을 선택할 것이다. 영어 선생님이 그랬다.

"권호야, 선생님은 너를 가르치게 되어 행복하단다. 권호는 꿈이 뭐니?"

"아직 없어요."

윤권호가 짧게 답했다.

"수업 시간에 잠자는 습관부터 고쳐야 한다. 난 네가 배움이나 문명을 필요하지 않은 것처럼 말하는 관점을 존중해. 학교에서 배울 게 없다고 단정하는 너의 태도도 이해할 수 있어. 하지만 수업 시간에 잠을 자는 것은 아닌 것 같아. 잠은 죽어서 자면 되잖아."

그 뒤로도 영어 선생님의 기분 풀이식 훈계가 한참 이어졌고, 그때마다 윤권호는 착실하게 대답하며 고개를 숙였다. 영어 선생님과 윤권호의 대화를 엿들으면서 이 세상 그 누구도 솔직한 대화를 나누지 않게 된 배경에 안경이 있는 것은 아닐까 의심해 보았다.

영어 선생님도 윤권호도 뿔테 안경을 쓰고 있었는데 영어 선생님이 말할 때는 윤권호가 자신의 뿔테 안경을 만지작거렸고, 윤권호가 알겠다고 대답하며 공손히 머리를 숙일 때는 영어 선생님이 자신의 뿔테 안경을 만지작거렸다. 두 사람 모두 안경을 쓰지 않았더라면 그렇게 이상한 대화 분위기를 연출하지는 않았을지 모른다. 가장 이상한 것은 공부도 하지 않고 티브이도 안 보고 휴대 전화도 없는 윤권호가 시력이 나쁘다는 사실이었다. 윤권호가 안경을 썼다는 사실을 처음 의식했다는 것을 빼면, 그 순간은 내게 하품과 같은 권태를 몰고 왔다. 말할 수 없이 지루했다.

잠시 뒤 영어 선생님은 윤권호를 풀어 주었으나, 소태 선생님 자리로 접근하는 것은 막았다. 윤권호는 영어 선생님에게 떠밀려 밖으로 나왔다.

"크크크킄."

옆에서 소희가 속없이 웃어댔다.

우리는 각자의 생각에 빠져 말없이 학교를 나왔다. 버스 정류장과 전철역으로 갈라지는 지점에 이르렀을 때였다. 소희가 대뜸 밥 먹으러 가자고 제안했다.

"점심도 안 먹고 뛰어다녔더니 배고프다."

'너만 못 먹었니? 우리 셋 다 굶었어.'

하지만 물티는 물티라서 불만이 있어도 속으로만 중얼거렸다. 사실은 이 세상이 무너지는 줄 알았기에 배가 고픈지도 몰랐다. 휴대 전화로 시간을 확인했더니 3시 25분이었다.

"노트는 소태 선생님이 잘 챙겼을 거야. 내일 찾아가서 달라고 해. 그러면 되겠네."

소희가 오늘 사건에 마침표를 찍으려고 했다. 배고프다고 하는 것을 보면 내면에서는 결론이 난 것 같았다. 소희가 지렁이 노트가 소태 선생님 손안에 있음을 의심하지 않는 이유는 그만큼 나를 믿었기 때문이지만, 그렇다고 내 가방 안에 든 지렁이 노트가 나에게까지 말끔히 정리된 것은 아니었다. 나는 그 노트를 집으로 가져가고 싶지 않았다.

그때였다.

"자장면 먹을까? 어때?"

윤권호가 제안했고 소희가 재빨리 동의를 표했으나 곧 곤란한 표정을 지었다. 집에서 급히 나오느라 휴대 전화도 지갑도 없다고 했다. 버스를 타서야 그 사실을 알았고 기사 아저씨가 양해해 주어 학교까지 올 수 있었다는 것이다. 나는 알았다고 했으나 소희 음식값을 대신 내주겠다고 자청하지는 않았다. 필요하다면 돈을 빌려줄 의향은 있었다. 그렇게 자장면을 먹자는 데까지는 합의가 되었는데 문제는 그다음이었다. 윤권호는 부모님이 자장면 가게를 하는데 좀 멀다고 했다.

"멀어 봐야 얼마나 멀겠어. 난 좋아."

소희는 기분이 좋아 보였다.

그렇게 어영부영 윤권호를 따라 버스 정류장으로 갔는데 빨간 글씨의 광역버스만 정차하는 곳이었다. 나는 버스 안내판과 노선도를 훑었다.

'설마 자장면 먹으러 인천이나 성남시로 가겠다는 것은 아니겠지?'

대번에 경계심이 발동했다. 이 애가 소희와 소희의 공범인 나를 멀리 데려가 야산 같은 데 파묻으려고 하는 것은 아닐까.

소희가 윤권호 옆 정류장 의자에 앉으면서 물었다.

"부모님 자장면 가게가 어디야?"

"성남시 상대원 시장 근처."

"오, 처음 가 보는 곳인데?"

기사회생한 소희는 이 상황을 즐기기 시작한 듯했다. 내 휴대 전화를 빌려 엄마한테 전화를 걸었으나 받지 않았다. 모르는 번호여서 받지 않는 것 같다고 했다.

그 뒤로 소희의 행동은 과감해졌다. 상대원 시장으로 자장면을 먹으러 간다고 엄마한테 물어볼 수 없는 것을 엄마한테 물어보지 않아도 되는 것처럼 치환한 것을 보면 소희는 타고난 거짓말쟁이인지도 모른다. 나는 엄마에게 조금 늦는다고 문자를 보냈다.

저만치 버스 한 대가 다가오자 윤권호가 일어났다.

옛날 맛 짜장

소희는 윤권호보다 먼저 버스에 올랐고, 기사 아저씨에게 상대원 시장 가는 것 맞느냐고 물었다. 소희의 차비는 내가 냈다.

'상대원 시장이라니.'

나는 그런 이름은 들어본 적도 없었다. 그런데도 그곳까지 따라간다면 물티에게는 대단한 모험이 될 것이다. 물티는 안 가겠다고 하거나 못 가겠다고 하는 성격이 아니었다. "싫어, 난 못 가." 결국 그 한마디를 하지 못해 상대원 시장에 가는 버스에 올라탄 셈이다. 가방 안에 든 지렁이 노트를 의식하면서 말이다.

'그렇다면 소희는 왜 버스에 탄 것일까. 나와 윤권호에 대한 미안함?'

버스 맨 뒤 높은 자리로 올라가 나란히 앉았지만, 처음에는 별 대화 없이 어색한 시간을 보냈다. 윤권호는 멍하니 정면을 응시했고 창가에 앉은 소희의 시선은 창밖을 향해 있었다.

잠시 뒤 소희는 가운데 앉은 내 귀에 대고 미안하다고 말했다. 내가 골난 표정으로 "뭐가?"라고 냉정하게 반응했더니 "모두 다."라고 하면서 내 몸을 가볍게 들이박았다. 소희의 표정은 말 그대로 방심 상태였다. 늘 뾰족하게 긴장해 있을 때보다 밝게 풀어져 있는 모습이 보기 좋긴 했다. 심지어 예뻐 보였다. 그런 소희가 내 오른팔을 잡고 흔들었을 때 용서하면 안 된다고 생각하는 내 마음도 슬금슬금 빗장을 풀었다.

소희가 윤권호에게 물었다.

"너희 집은 어디야?"

"어, 사는 집은 우리 학교에서 가까워."

집과 가게가 먼 것 같다고 했더니 윤권호가 고개를 끄덕였다. 원래는 가게 근처에 집이 있었고 그곳에서 초등학교와 중학교를 나왔으나 우리 학교에 입학하기 위해 지금 사는 동네로 이사하게 된 것이라고 해서 깜짝 놀랐다. 그것은 소희의 이력과 상당히 유사했다. 나는 그렇지 않냐고 동의를 구하기 위해 소희를 쳐다보았으나, 깜찍하기 짝이 없는 내 친구는 시치미를 뚝 떼면서 딴전이었다. 자장면 먹으러 가기 위해 윤권호를 따라나서기는 했어도 윤권호와 친해지거나 한 묶음이 되고 싶은 마음은 없는 것 같았다.

내가 물었다.

"혹시 e말e글 때문에 우리 학교에 입학한 거야?"

"맞아. 신문을 보다가 우연히 알게 되었어. 영화과에 입학한 어떤 선배가 우리 학교 e말e글에서 입시를 준비했다고 하더라고. 사실 난 초등학교 때 선생님이 장래 뭐가 될 것인지 발표하라고 하면 그냥 노숙자가 되겠다고 했거든."

"노숙자? 정말 그랬어?"

소희가 깔깔거리며 웃었다. 나는 신기해서 손뼉을 쳤다. e말e글에 대한 명성 때문에 우리 학교로 진학했다는 게 윤권호와 이소희의 교집합이라면 노숙자는 나와 윤권호의 교집합이었다. 내가 나를 물티라고 하자 엄마는 물티는 노숙자인 거라며 비웃었다. 가끔은 왜 엄마와 아빠에게 잘못하고 사과는 물티에게 하느냐고 비판한 적도 있었다. 교집합과 교집합이 만나면 어떤 일이 생길까. 거기서도 교집합이 찾아질까.

교집합은 서로를 묶는 갈고리 같은 것인지도 모른다. 그 순간 나와 소희와 윤권호는 하나의 갈고리에 손이 묶여 버린 셈이다. 그것이 좋은 일이 될지 나쁜 일이 될지 알 수는 없지만 셋 중에서 내가 가장 한심하다는 것은 내 가방 속 지렁이 노트가 분명히 말해 주었다.

나는 남이 내 가방에 내 것이 아닌 노트를 집어넣도록 허용했고, 지금은 남의 눈치만 보고 있다. 나는 왜 내 손으로 그것을 직접 꺼내 당사자에게 돌려주지 못하고 있는가. 내가 내 가방의 주인이 되려면 내 손으로 내 가방을 열고 내 것이 아닌 것을 꺼내야 한다. 누군가에게 타격을 입히기 위해서가 아니라 잘못된 것을 제자리에 돌려놓기 위해서 말이다. 그래야만 나는 주인다운 주인이 될 수 있다. 그런 생각을 하자 내 귀에 윤권호의 목소리가 조금씩 흔들리는 것이 느껴졌다.

"그랬는데 중학교에 들어가면서 영화를 보기 시작했고 꿈이 생긴 거야. 물론 영화감독이 되겠다는 내가 글쓰기 동아리에 끼어든 것은 조금 미안하지만 생각해 보면 작가나 영화감독이나 다 같은 울타리에 있는 게 아닌가 싶어."

"그런데 노트가 없어져서 좀 놀랐겠다."

나도 모르게 내 입에서 튀어나온 날카로운 질문이었다.

"어, 조금."

"중요한 게 많이 적혀 있었던 거야?"

"그냥 그래."

그러자 소희가 질 수 없다는 듯이 끼어들었다.

“한번 읽어나 볼 걸 곽윤지한테 그냥 건네줬지, 뭐야. 너의 그 노트 e말e글 회원이라면 누구라도 한번은 구경하고 싶어 하는 것인데 말이야.”

“별 내용도 없는데 왜 궁금할까.”

윤권호가 말했다. 평소와 다름없는 표정이었다.

내 입에서 뜨거운 숨이 뿜어져 나왔다.

‘별 내용이 없다고? 그 노트가 공개되면 넌 끝장날 텐데?’

나는 이상하고 특이하고 괴상한 아이 윤권호를 물끄러미 바라보았다. 역시 구석기인은 좀 다르다고 생각했지만, 적어도 외모만은 우리와 비슷해 보였다.

“너희 집에 티브이도 없고 인터넷도 안 되는데 영화는 어디서 본 거야?”

소희의 질문에 윤권호가 대답할 겨를도 없이 우리는 버스에서 내려야 했다. 상대원 시장에 도착한 것이다. 자장면 가게는 버스 정류장에서 아주 가까웠다.

‘옛날 맛 짜장.’ 우리는 그렇게 적힌 간판 앞에서 멈추었다. 문이 열린 채 안은 텅 비어 있었고 불까지 꺼져 있었다. 좁아서 더 어두워 보이는 실내에는 세 개의 작은 손님용 탁자가 있었으나 그것을 차지한 것은 다듬다 만 대파와 버섯과 양

파 같은 것들이었고 수저가 뒤엉켜 있는 바구니도 놓여 있었다. 뒤늦게 색다른 공간도 발견할 수 있었다. 2층도 아니고 다락방도 아닌 아늑한 공간에는 제법 여러 개의 테이블이 놓여 있었으며 작은 개수대와 정수기도 갖추어져 있었다. 윤권호는 그곳으로 우리를 안내한 다음 잠깐 기다리라며 주방으로 내려갔다. 소희와 나는 윤권호를 따라갔다.

"쉿! 지금은 쉬는 시간이야. 우리 엄마 아빠가 낮잠 주무실 시간이지. 하지만 10분 뒤면 일어나실 거야. 인사는 그때 하고 우선 만두부터 가져가서 먹자."

윤권호는 귓속말한 다음 우리더러 자리에 가 있으라며 떠밀었으나 소희와 나는 더 적극적으로 주방 안을 살폈다. 그러는 사이 어두운 안쪽에서 희끄무레한 움직임을 포착할 수 있었다. 바닥도 아니고 침대도 아닌 공간에 상자를 깔고 누워 있던 두 사람이 몸을 일으키며 밖으로 나왔다. 아저씨는 시선을 피하면서 조리대 뒤로 몸을 감추었고 아줌마는 잠에서 덜 깬 목소리로 윤권호를 반겼다.

"아들 왔구나."

윤권호는 친구들이라며 우리를 소개했다.

"얼른 가서 앉아. 맛있는 거 해 줄게."

아줌마가 말했다.

다락방도 아니고 2층도 아닌 곳으로 우리를 만나러 온 분은 윤권호의 아버지였다. 인사하자마자 소희가 풋, 하고 웃음을 터트렸다. 나는 단박에 그 이유를 알 수 있었다. 단순히 윤권호와 판박이라고 하기에는 두 사람이 닮아도 너무 닮은 모습이었다. 아들이 아니라 복제 인간 같았다. 그 분위기를 알아차렸는지 윤권호는 얼른 말을 돌렸다.

"우리 할아버지 때부터 하던 가게야. 작고 허름해도 맛은 있어. 뭐 먹을 건지 정했어?"

그러더니 소희와 나에게 물 한 잔씩을 따라 주었다.

10분쯤 지나 음식이 나왔다. 사천자장과 탕수육에 잡채까지 있었다. 삼선불짬뽕이 나왔을 때 윤권호가 그것을 자기 것이라며 가로채는 모습은 너무 웃겼다.

"난 이것만 먹어."

"나도 매운 거 좋아해. 좀 먹어 보자."

소희는 삼선불짬뽕을 강제로 자기 접시에 덜었다. 잠시 뒤 윤권호의 엄마가 우리 곁으로 다가와 앉았고, 이것저것 물어보았다. 같은 반 친구인지, 서로 사이좋게 지내는지, 윤권호가 학교에서 말은 하는지에 관한 질문이었다.

"우리 권호가 형제가 없이 혼자야. 엄마 아빠가 늦게 들어가는 바람에 집에 늘 혼자 있는 편이지. 참 미안했는데 그래도 이렇게 친구들 데려온 걸 보니 안심이 되네. 많이 먹어. 더 먹고 싶은 거 있으면 얼마든지 말하고."

윤권호 엄마는 소희의 명랑한 표정이 마음에 드는 듯했다. 몇 번이나 등을 어루만져 주면서 눈을 맞추었고 예쁘다는 칭찬도 아끼지 않았다.

윤권호의 엄마가 주방으로 돌아간 뒤 한동안 정신없이 먹어댔다. 너무 매운 삼선불짬뽕이 내 입에는 맞지 않았으나, 소희가 탐을 내서인지 나도 한 젓가락 얻어먹었다. 자장면은 정말 맛있었으나 위가 유난히 작은 나는 내 몫으로 담은 것도 다 먹지 못하고 나가떨어졌다. 하지만 젓가락을 놓지는 않았고 남은 음식을 꾸역꾸역 먹었다.

나는 다짐했다.

'내 앞가림은 내가 할 거야. 두고 보라고.'

허기가 어느 정도 채워지자 자연스럽게 수다를 떨기 시작했다. 집에 티브이나 컴퓨터도 없다면 지금까지 학교 과제는 어떻게 했느냐고 묻자, 윤권호는 안 했다며 천연덕스럽게 대꾸하는 게 아닌가. 학교 선생님은 가까운 동사무소 컴퓨터를 이용하라며 담당자와 연결까지 시켜 주었으나 한 번도 가지 않았다고 한다.

도대체 왜 그랬는지, 뭘 원한 것인지 물었더니 학교에서 퇴

학당하기를 바란 것 같다고 했다. 그만큼 학교가 싫었다는 소리로 들렸다. 너무 답답하고 감당하기 어려운 이야기인지라 나는 그럼 집에서 뭘 하며 놀았느냐고 슬쩍 화제를 돌렸다.

윤권호는 과학 백과사전 같은 책이 있었기에 별로 심심하지 않았다고 했다. 그중에서 '별과 우주', '금성과 나'라는 책을 가장 좋아해서 직접 샀고, 지금도 가끔 들여다본다는 것이었다.

"책을 사기 전에는 어디서 봤는데?"

"샛별 궁전."

동아리 수업 시간에 말한 그 샛별 궁전이어서 그런지 소희의 눈이 반짝거리기 시작했다.

"샛별 궁전에도 티브이가 없었구나."

"응."

"참 신기한 세상에서 살았네."

윤권호는 대단한 사연은 아니라는 표정이었지만 어느새 자기 이야기를 털어놓았다.

"사실은 샛별 궁전 아줌마가 권해서 우리 부모님도 티브이를 사지 않았던 거야. 휴대 전화도 마찬가지고. 샛별 궁전 아줌마는 그런 게 다 아이들 성장에 나쁘다고 생각했던 편이라. 말하고 보니까 한번 가 보고 싶네. 지금은 빈 건물로 남아 있다고 들었는데."

"샛별 궁전이 이 근처에 있어?"

"응. 아줌마가 쓰러져 중환자실에 들어간 이후 그걸 정리해 줄 사람이 없었던 것 같아. 그 아줌마는 다른 가족이 없는 외톨이였거든. 그래서 봐주는 아이들한테 더 집중하고 잘해 줄 수 있었던 것 같아. 우리 부모님은 그분을 은인이라고 생각하셔. 나도 샛별 궁전이 그다지 불편하지 않았고."

'그 정도 되면 어린이집이나 위탁 시설이 아니라 종교 단체 아닌가.'

혼자 몰래 그런 생각을 하면서 남은 자장면을 한 젓가락 한 젓가락 입으로 가져갔다. 소희는 나보다 더 윤권호에게 집중한 상태였다. 윤권호에게 끊임없이 말을 걸었다.

"그랬구나. 그런데 영화는 어떻게 접하게 됐어?"

"중학생이 되니까 위기 상황이 왔어. 더는 학교에 다니고 싶지 않은 거야. 학교에 안 가고 동네를 배회하는 날이 있었는데 그러다 알게 된 게 만화방이야. 그곳 티브이로 처음 영화를 접하게 되었지. 그 만화방에서는 영화를 골라볼 수 있었거든. 그 뒤로는 샛별 궁전도 가기 싫어서 안 갔어. 어느 날 아줌마가 쓰러졌다는 이야기를 전해 들었지만 같은 영화를 아홉 번째 보고 있었던 나는 아줌마한테 바로 달려가지 않았어."

"같은 영화를 아홉 번이나 봤다고? 제목이 뭐였는데?"

소희가 손으로 턱을 괴며 호기심을 드러냈으나 어이없는 대답이 나왔다.

"결혼은 미친 짓이다."

"그거 19금 영화 아니니?"

"그 뒤로도 다섯 번쯤 더 봤던 것 같아."

"기가 막힌다."

"재미있었어. 그래서 본 거야."

"최근 본 영화 중에서 인상적인 것도 있어?"

"헤어질 결심."

"그건 무슨 내용인데?"

"같이 사귀다가 헤어질 결심을 한다는 뭐 그런 내용. 그 영화 보려고 영화관이라는 곳을 처음 가 봤지."

"아, 윤권호 진짜 웃겨."

소희가 배를 움켜쥐며 웃었다. 불과 몇 미터도 안 되는 거리에 윤권호 부모님이 있다는 사실도 잊었는지 막 던지는 말이 봇물 터지듯 나왔다. 이를테면 "우리 엄마가 그러는데 아이를 교육하지 않고 방치하면 어떤 문제가 생기는지 모르는 어른들이 많다는 거야." 같은 말이었다. 하지만 귀에 쏙 들어

오는 말도 있었다.

"넌 샛별 궁전에서 최악의 통제를 받다가 거기서 나온 뒤로는 완전한 방임 상태에 있었던 거야. 지금부터 윤지와 내가 너를 제대로 안내할 테니까 잘 따라와. 알았니?"

그러면서 그만 나가자며 일어섰다. 그때 내 입 안에는 윤권호에게 물어보고 싶은 많은 말들이 침처럼 고여 있었다.

길 안내 2 - 망설임

밖으로 나왔을 때 소희가 샛별 궁전으로 가 보자며 우리를 잡아끌었다. 윤권호는 흔쾌히 동의했으나, 미리 말해 둘 것이 있다며 못을 박았다.

"안으로 들어갈 수는 없어. 그냥 밖에서 구경만 해야 해."

"알았으니까 가 보자."

소희는 짓궂어 보였다. 그 애가 하려는 것이 윤권호 골탕 먹이기지 현대 세계로의 안내는 아닐 것이라며 나는 의심했다. 내가 도둑질을 적당히 은폐해 준 것은 소희의 기를 살리는 데는 이바지했으나, 그 애의 습관을 바꾸지는 못했다. 하지만 소희의 말 중에서 공감 가는 것이 전혀 없지는 않았다.

"윤권호 네가 e말e글의 진정한 회원이 되려면 거기서부터 안내를 받아야 해."

나는 고개를 끄덕이지 않을 수 없었다. 우리 여행이 구석기에서 시작해 e말e글을 목적지로 한다면 내비게이션을 켜야 할 장소는 분명 샛별 궁전이었다. 샛별 궁전은 구석기 시대를 대표하는 왕궁일 가능성이 크다. 원시인들이 티브이도 없이 벌거벗고 앉아 있는 거실에 굳이 가 보고 싶지는 않지만, 거기서 무슨 일이 벌어졌는지는 정확히 알고 싶었다. 어떤 곳이기에 열일곱이 다 된 남자아이에게 지금도 그곳을 그리워하게 하는지 호기심이 동했다. 안으로 들어갈 수 없다면 외관만이라도 보고 싶었다.

자장면 가게에서 20분가량 산동네로 걸어 올라갔더니 바위산 비탈에 낡은 건물 하나가 세워져 있는 게 보였다. 하지만 담벼락이 워낙 높아서 마당은 고사하고 건물이 잘 보이지도 않았다. 윤권호를 엎드리라고 해 등을 밟고 올라간다고 해도 안이 훤히 보이지는 않을 것 같았다. 그런 가운데 우리의 시선을 사로잡은 것은 담벼락에 새겨진 온갖 낙서였는데 유감스럽게도 여기에 옮겨 적을 수는 없다. 윤권호의 19금 이야기를 내가 감히 세상으로 퍼트릴 수 없는 것과 같은 이유에서다.

소희가 내 휴대 전화를 빌려 사진 몇 장을 찍었으나, 나는 소희 휴대 전화로 전송하고 나서 얼른 지웠다. 지렁이 노트만 해도 찜찜해 죽겠는데 담벼락 낙서까지 소장하고 싶지는 않았다.

"욕을 많이 먹었나 보네. 특히 여기 다녔던 아이들한테."

"어, 내가 다닐 때도 버릇없는 애들이 몇 있었어."

소희와 자기 말이 맥락을 달리한다는 사실을 모르는 것으로 보아 윤권호는 우리와 함께 있지만, 같이 있는 게 아니었다. 그 애는 여전히 구석기 시대를 살고 있고 우리는 타임머신을 타고 온 현대인들이었다. 아니, 윤권호가 타임머신에서 떨어져 우리가 사는 세상에 불시착한 것인지도 모른다.

소희가 담벼락 낙서에서 눈을 떼지 않은 채 물었다.

"그 아줌마 이름이 이정희였어?"

"그랬던 것 같아."

윤권호는 담담했다.

소희와 윤권호가 안이 보이지 않는 대문에서 작은 구멍 하나라도 찾으려고 애쓸 때 나는 산비탈 쪽을 살펴보고 있었다. 건물 모서리를 왼쪽으로 돌아가자 담벼락의 높이가 조금 낮게 느껴지기 시작했는데 사실 담의 높이는 균일했고 바닥의 높이가 달라서 생긴 착시 현상이었다. 손이 닿지는 않았지만 건물 내부의 난간 하나가 모습을 드러내면서 나는 집의 윤곽을 어느 정도 상상할 수 있게 되었고 까치발을 했을 때는 난간 너머를 어렴풋이 볼 수 있었다. 샛별 궁전 마당은 산비탈과 연결되어 있었다. 뒷담 역할을 하는 가파른 산비탈이 현대와 구석기 시대의 경계선인 셈이었다.

나는 친구들을 불렀고 상황 파악을 끝낸 소희는 순식간에 리더 역할을 맡았다.

"산을 타고 들어가면 되겠네. 얘들아, 따라와."

윤권호는 즉각 말렸다.

"안 돼. 그쪽으로 가면 위험해."

"뭐가 위험해. 산을 타고 내려갈 수 있으면 내려가고 아니면 마는 거지."

"안 된다니까. 그러지 마."

윤권호가 말렸지만 소희는 이미 산으로 올라가고 있었다. 결국 말리기 위해서라도 윤권호는 소희를 따라갈 수밖에 없었고, 산이라면 질색하던 나는 혼자 남을 수 없어 두 친구 뒤를 졸래졸래 쫓아갔다.

"얘들아, 마당이 훤히 보여. 얼른 올라와 봐."

하지만 탐험 대장 소희는 우리가 올라갈 때까지 기다리지 않았다. 미끄럼을 타는 아이처럼 산에서 주르륵 미끄러져 내려가 어느새 마당 한가운데 도착한 모양이었다. 소희가 입은 청바지가 단단히 한몫했다.

'소희는 누구일까. 도대체 어떤 아이인 거지?'

갑자기 엄습하는 궁금증 때문에 내 입 안에서는 다시 한번 침이 고였다. 제가 훔친 지렁이 노트로 친구를 궁지에 몰아넣은 거짓말쟁이가 이번에는 윤권호를 어떻게 골탕 먹일지 궁리하는 거로 보였다. 이소희가 윤권호를 구석기 시대에 두고 가려 한다는 것은 절대 지나친 상상이 아니었다. 윤권호가 뭘 특별히 잘못해서는 아니다. 윤권호 같은 부류를 싫어하는 아이들은 어느 교실에나 있었고, 그들은 자신의 존재감을 드러내기 위해 만만한 아이를 골라 표적으로 삼는다.

"안 돼, 이건 아닌 것 같아."

윤권호는 소희가 미끄럼을 탄 장소까지 올라가기는 했으나 슬라이딩할 생각은 하지 않고 그 자리에 털썩 주저앉았다. 그뿐이 아니었다.

"아, 씨. 이러면 안 되는데. 혼나는데."

그 자리에 쪼그려 앉은 윤권호는 얼굴을 무릎 사이에 묻었다.

"윤지야, 여기 좀 봐."

소희가 윤권호와 나를 올려다보며 손을 흔들어 댔다. 그제야 내 눈에 샛별 궁전의 마당이 들어왔다. 마당은 시멘트로 마감이 되어 있었으나 여기저기에서 잡풀이 올라온 게 보였고 가장자리에는 낡은 자전거와 고무대야 같은 게 보였다. 고무대야 안에는 캔이며 과자 봉지, 빛바랜 신문지와 온갖 쓰레기가 쌓여 있었다. 하지만 샛별 궁전 마당의 주인공은 고무대야나 헌 자전거가 아니었다.

"어마어마해."

소희는 목소리만 남겨둔 채 모습을 감추었다. 소희 말대로 샛별 궁전 뒷마당을 차지하는 것은 어마어마하게 덩치 큰 폐타이어들이었다. 비교적 먼 거리에서 내려다보았는데도 폐타이어들은 위협적이었고 온전하지도 않았다. 여기저기 찢어지고 갈라지고 난도질당한 흔적이 역력했다.

"와, 저렇게 큰 폐타이어라니."

내가 막 그렇게 중얼거렸을 때였다. 윤권호가 다시 한번 "안 돼!"라고 소리치더니 벌떡 몸을 일으켰다. 그러고는 내가 어떻게 할 사이도 없이 산비탈을 타고 내려가 샛별 궁전 뒤란에 도착해 버렸다. 나도 산에서 내려갈 수밖에 없는 상황이 되고 말았다. 하지만 교복 치마를 입고 있었기에 미끄럼을 타는 것은 불가능했다.

"우, 씨."

나는 조금 더 옆으로 걸어가 바위산 비탈까지 갔다. 미끄러지는 대신 암벽 등반을 선택한 셈이지만 알고 보니 차라리 종아리를 긁히더라도 숲으로 내려가는 게 나을 것 같았다. 바위산 비탈을 내려가려면 장비가 있어야 할 정도로 가파른 고비가 있었다.

"정말 이러기야?"

겨우 마당에 도착한 나는 소희에게 큰 소리로 따졌지만, 그 애의 관심사는 이미 내가 아니었다. 소희가 윤권호에게 말했다.

"뭔지 알 것 같아. 이걸로 숨바꼭질했구나, 그렇지?"

윤권호는 사색이 되어 있었다. 마치 건드리지 말아야 할 것을 건드리기라도 했다는 표정이었다. 이어진 윤권호의 걱정은 내 추측이 틀리지 않았음을 증명했다.

"이거 차곡차곡 쌓아둔 건데. 아줌마가 없는 바람에 엉망으로 무너져 버렸네."

그러더니 잠시 뒤에는 갑자기 등에 진 책가방을 벗고는 팔을 걷어붙였다.

"안 되겠어. 이거 제대로 정리해 놓자. 좀 도와줄래?"

윤권호의 제안을 받고 폐타이어 하나를 건드려 보았으나 꿈쩍도 하지 않았다. 가운데가 뻥 뚫렸는데도 어쩌면 이토록 무거운 걸까. 소희는 윤권호 말을 들을 의향이 없는 것 같았다. 어떻게든 구석기인을 골탕 먹이려고 여기까지 온 아이가 아닌가. 그러니 윤권호가 시키는 일을 고분고분 들어줄 리 없었다.

"난 못해. 우린 힘없는 여자잖아."

소희는 시늉만 하다가 나가떨어졌다.

"이럴 때만 힘없는 여자냐?"

윤권호의 비난에 소희와 나는 동시에 "우, 우!" 하고 탄성을 냈다.

"구석기인이 현대어를 사용하네."

소희가 엄지손가락을 치켜세웠다. 그러거나 말거나 윤권호는 눈길도 주지 않은 채 폐타이어 하나와 씨름했고 잠시 뒤 하나를 땅에 눕히는 데 성공했다. 사실은 셋이 힘을 합쳐야만 폐타이어 하나를 겨우 옮길까 말까였다. 그런데 이 많은 폐타이어를 어떻게 정리한단 말인가. 엄두가 나지 않았고 굳이 정리해야 할 필요를 느끼지도 못했으나 윤권호는 지극정성이었다. 눈빛부터가 그랬다.

"쇠기둥은 못 봤어? 세 개가 다 사라졌네."

"쇠기둥?"

"타이어도 두어 개가 없어진 것 같아."

타이어를 세어 보았더니 모두 19개였다. 폐타이어와 쇠기둥이라. 어떤 그림인지 알 수가 없었다. 윤권호는 다시 폐타이어를 들어 올렸다.

"암튼 여기 위에다 쌓고 또 쌓으면 돼."

윤권호는 자기가 눕힌 폐타이어를 가리켰다. 그 위에다 폐타이어를 차곡차곡 올리는 게 정리인 모양이라고 나는 추측했다.

나는 왜 그래야 하냐고 물어보았다.

"원래 그랬으니까."

"원래?"

그때 소희는 샛별 궁전의 건물 모퉁이를 돌아나가 앞마당에 도착했고, 곧 현관문을 노리기 시작했다. 철문을 당겨보고 발로 차고 했으나 꿈쩍도 하지 않자 소리쳐 우리를 불렀다. 폐타이어를 세 개째 올리던 윤권호는 소희의 행동을 제지하기 위해 앞마당으로 달려갔다. 벗어놓은 가방은 그대로 둔 채였다.

나는 내 가방에서 지렁이 노트를 꺼내 재빨리 윤권호의 가방 안에 쑤셔 넣었다. 그러고는 손을 털며 앞마당을 향해 침착하게 걸어갔다. 가면서 남몰래 쾌재를 불렀고 어퍼컷을 남발했다. 앞가림을 잘 해낸 내가 너무나도 대견하고 자랑스러웠다. 물티도 그렇게 생각하는 것 같았다.

'야호! 드디어 해방이다.'

소희에게 지렁이 노트를 받은 것도 오늘이고 그것을 주인에게 돌려준 것도 오늘인데 내 마음에서는 수억 년의 시간을 고통스럽게 살아낸 느낌이었다. 전쟁도 겪고 홍수도 나고 누구는 죽었으며 누구는 태어난 것 같았다. 습한 지하 감옥에 갇혀 있다가 겨우 밖으로 나와 햇볕을 쬐는 기분이라니.

"야호! 야호!"

흥분하다가 일을 망칠 뻔했으나 물티의 신호로 겨우 자제할 수 있었다.

앞마당에 도착했을 때 가장 먼저 눈에 띈 것은 잠긴 대문이었다. 철통같은 쇠대문에는 커다란 자물쇠가 채워져 있었고, 그것만으로는 안심이 안 되었는지 쇠사슬까지 친친 감아 두었다. 하지만 그럼 뭘 하나. 아이들은 산에서 미끄럼을 타고 내려와 버리는데.

소희와 윤권호는 다른 일로 정신이 없었다.

"거기는 여는 거 아니야. 그러지 마. 그냥 둘러보기만 해."

"닫힌 현관문 안쪽에 뭐가 있는지 궁금하단 말이야."

소희는 이번 주 과제의 주제를 잡은 것 같았다. 현관문 하나를 사이에 두고 비밀이 나누어지는 것 같다는 것이다. 그 안에서 무슨 일이 벌어지는지 다 알 필요는 없지만, 벽을 타고 들려오는 비명을 들었다면 당장 문을 부수고 안으로 들어가야 한다며 우리가 처한 상황을 부풀리고 과장하기를 서슴지 않았다. 사실 그런 점도 없지는 않았다. 우리 셋은 낯선 현관문 앞에 서 있었고, 그 안은 지독하게 비밀스러운 공간이었다.

소희가 말했다.

"모든 집에는 현관문이 있지. 비밀을 밀봉하기 위해서 말이야. 현관문은 가족의 사랑과 온기, 그런 것을 보호하는 역할을 하는 줄 아는데…."

나는 소희 때문에 조마조마했다. 또 어떤 현관문 안에서는 윤권호처럼 부모들이 일하러 나간 사이에 혼자 방치된 채 겁먹은 어린아이도 있을 거라고 주절거리면서 윤권호의 상처를 후벼 파지 않을까 걱정스러웠다. 다행히 윤권호가 선제공격을 감행했다.

"너희는?"

"응?"

"너희 집 현관문 안에서는 무슨 일이 벌어지고 있는데?"

"그건 이번 주 과제니까 글로 써서 올릴게. 그때 읽어 봐. 됐지?"

"하여간."

나는 이번에도 야유를 퍼붓고 싶은 심정이었다. 구석기인인 줄 알았던 윤권호에게서 언뜻언뜻 체화되지 않은 현대인의 모습이 보일 때마다 나는 이상한 감상에 사로잡히게 되었다. 어쩌면 그래서 윤권호가 소희와 나의 흥미를 끈 것인지도 모른다.

"문이 닫혔다는 것은 들어가지 말라는 거야. 그건 약속이잖아. 그러니까 그 문을 열려고 하면 안 돼."

윤권호가 다시 한번 강조했으나 소희는 고집을 꺾기는커녕 도리어 이렇게 받아쳤다.

"내가 널 현대 사회로 안내할 가이드잖아. 난 샛별 궁전 거실 안에서 내비게이션을 켤 거야. 그게 내가 할 일이야. 그렇지 않니, 윤지야?"

'어휴, 저게 이럴 때만 나를 찾지.'

"어? 어. 그렇지만 우리가 신고받고 온 경찰도 아니고 남의 집 문을 여는 것은 신중해야 할 일인 것 같아."

솔직한 심정이라고 할 수는 없었지만 일단 나는 그렇게 말해 두었다. 말하자면 정답을 꺼낸 것이다.

"그런데 창문은 다 왜 저래?"

내 조언에는 아랑곳하지 않고 소희가 건물 옆으로 돌아갔다. 소희 말대로 창문이 있었지만, 방범창이 설치되어 있었고 유리창과 방범창 사이에는 판자가 덧대어 있었다. 유리창을 깨기 위해 도구를 사용하더라도 불가능할 것 같았다. 소희는 어디서 주웠는지 부러진 우산대로 판자를 겨냥해 쿵쿵 밀어 보았지만 움쩍도 하지 않았다. 윤권호는 질색했다.

"소희야, 그러지 마. 제발. 내가 열쇠를 찾아볼게."

길 안내 3 - 슬며시 극복

망설임을 끝낸 윤권호가 열쇠를 이용해 샛별 궁전의 문을 열었을 때 소희와 나의 몸은 휘어지며 비틀거리다가 벽 쪽으로 넘어졌다. 다리 힘이 급격히 풀리고 만 것이다. 다행히 지저분한 바닥에 주저앉는 일은 피할 수 있었지만, 너무 황당하고 어이가 없었다.

"샛별 궁전 열쇠가 너한테 있었던 거야?"

소희가 불량기 충만한 자세로 윤권호를 노려보았다. 나도 한마디 불만을 보탰다.

"와, 윤권호 너, 진짜 끝장이다."

그랬다. 윤권호가 열쇠를 찾아낸 곳은 샛별 궁전 내부가 아니었다. 갑자기 뒤란으로 뛰어가 벗어둔 가방을 가져왔을 때만 해도 나는 다른 의미에서 안도의 한숨을 쉬었다. 그 애의 가방에 재빨리 지렁이 노트를 넣어놓지 않았더라면 기회는 다시 오지 않았을 것이다.

윤권호는 자기 가방 앞주머니에서 무거운 열쇠고리를 꺼냈고 주렁주렁 매달린 것 가운데 하나를 구멍에 끼우는 순간 딸깍, 하고 문이 열렸다. 영화나 드라마에서 보면 주인공들은 빈집의 문을 열기 위해 화분 밑이나 창틀 같은 곳을 뒤져 열쇠를 찾아내지만, 그것이 가방에서 나온 경우는 본 적이 없었다. 윤권호는 도대체 샛별 궁전의 열쇠를 어떻게 지니게 된 것일까. 대문 옆 담벼락 낙서와 난도질당한 페타이어로 보아 그곳에서 지냈던 아이들에게 샛별 궁전은 좋은 추억거리가 아니었는데 말이다.

"원래는…."

소희의 질문이 빗발치자, 윤권호는 마지못해 입을 열기는 했으나 또다시 주저하고 망설였다.

"원래는 뭐?"

"원래는…."

결국 참을 수 없게 된 소희는 운동화 굽으로 윤권호의 정강이를 걷어찼다. 감정이 실린 발길질이었다. 그러자 스위치라도 누른 것처럼 윤권호의 입이 열렸고 술술 내용을 털어놓기 시작했다.

"원래는 우리 집 지하실에 숨겨놓았었는데, e말e글에 들어간 이후로 왠지 모르게 필요할 것 같아서 가방에 넣어두었던 거야. 한번은 와 보겠구나 싶었거든. 그날이 오늘인 줄은 몰랐지만 말이야."

윤권호는 그렇게 운을 떼고 나서 숨을 깊이 몰아쉬었다.

"사실 아줌마 소지품 속에 들어 있던 열쇠인데 내가 몰래 꺼냈어. 아줌마가 그렇게 되었을 때 엄마하고 병원에 면회하러 갔다가 우연한 기회가 생기는 바람에."

"훔친 거네?"

소희가 눈도 깜짝 않고 그렇게 말해서 나는 흠칫 놀랐다. e말e글 수업 시간에 화제를 어떻게든 자신이 틀어쥐려고 한 적이 있는데 그때와 비슷한 느낌이었다.

'네가 나서.'

물티가 속삭이기 시작했다.

'소희가 하는 말, 소희의 표현에 주눅 들지 말고 너 자신을 드러내. 그렇게 하지 않으면 시간이 너를 네가 원하지 않는 장소로 데려갈 거야. 매사를 승부로만 몰고 가는 소희에게 한 방 먹이란 말이야. 넌 할 수 있어.'

물티가 그렇게 조언하지 않았더라도 나는 어떻게든 나설 생각이었다.

'내가 알아서 할 테니까 넌 빠져.'

우선 물티부터 한 방 먹이고 나서 나는 윤권호에게 물었다.

"그때의 네 감정에 대해 말해 줄 수 있어? 아줌마가 쓰러졌다는 말을 듣고 병원으로 가서 아줌마를 만났을 때 말이야. 슬펐어?"

"슬프거나 불쌍하기보다는 좀 불안했던 것 같아."

"뭐가 불안했는데?"

"잘은 모르지만… 이제 어쩌지. 어떻게 해야 하지. 세상이 끝장난 것 같았어."

"끝장이라고?"

"뭔가 무너져 내렸어. 내 안에서. 그동안 친구도 안 사귀고 학교 선생님들과는 담을 쌓고 살았었거든. 내겐 샛별 궁전이 전부였고 아줌마가 유일한 선생님이었어. 공부 따위는 우습게 팽개쳤고 샛별 궁전에서 권하지 않는 책은 읽지도 않았지. 샛별 궁전이 아닌 다른 세상은 알 필요가 없다고 생각했어. 그래야 하는 줄 알았거든."

"하지만 부모님이 계셨잖아."

"아마 부모님이 쓰러졌더라도 그렇게 불안하지 않을 것 같은 불안함이 밀려왔어. 그래서 나도 모르게 열쇠를 주머니에 집어넣었던 것 같아."

"그래서 괜찮아졌어?"

"조금은."

"아."

윤권호의 감정을 정확히 이해할 수는 없었지만 나도 모르게 고개를 끄덕였다. 그때 소희의 승리욕이 다시 발동되었다.

"훔친 거 맞네."

아까보다는 조금 더 으스대는 말투였다.

"내 말이 맞잖아."

윤권호의 대응은 외면이었다. 나는 너희가 학교에서 한 일을 알고 있다는 표정만 지었어도 효과가 나타났을 텐데, 윤권호는 슬그머니 소희의 시선을 피하더니 현관문을 잡아당기고 안으로 들어갔다.

실내는 상당히 어두웠고 전등 스위치는 말을 듣지 않았다. 소희가 나에게 휴대 전화를 달라고 하더니 불을 켰다.

"평범하네."

여느 집 거실과 다르지 않은 모습이었다. 노란 장판에 하얀 벽지, 사각의 벽면. 가장자리로 수납장과 책장, 원형 옷걸이, 그리고 평범해 보이는 테이블과 소파가 진열되어 있었고 부엌에는 커다란 식탁이 놓여 있었다. 앞마당과 뒤란이 어수선했던 것에 비해 집안은 잘 정돈된 편이었다. 아무도 안으로 들어올 수 없었고 손을 댈 수도 없었기에 가능했던 일이 아닌가 싶었다.

"진짜 전자제품이 하나도 없다. 티브이는 그렇다 치더라도 세탁기나 냉장고는 필요하지 않았을까. 아이들을 돌보려면 그런 것들은 필수인데."

"그러게."

소희와 그런 대화를 나누면서 돌아봤더니 윤권호가 보이지 않았다. 불빛을 두고 어디로 간 거지 하며 두리번거리다가 열려 있는 방문 하나를 들여다보았고, 그 안에서 양팔을 만세 자세로 벌린 채 벽을 향해 온몸을 붙이고 서 있는 윤권호를 발견했다. 뭐 하느냐고 물었더니 아무것도 아니라고 했다.

"그만 나가자. 난 어두워서 싫어."

더 볼 것도 없고 해서 소희와 나는 밖으로 나와 계단 난간에 걸터앉았다. 윤권호를 어둠 속에 둔 채 휴대 전화를 가지고 나온 것이 마음에 걸렸으나 다시 안으로 들어가고 싶지는 않았다. 해는 점차 기울고 있었다. 빨리 집으로 돌아가 내 침대 위에 쓰러져 쉬고 싶은 생각이 간절했다.

나는 가방에서 자일리톨 사탕 상자를 꺼내 소희에게 내밀면서 물었다.

"내비게이션은 켰어?"

"아니. 휴대 전화를 집에 두고 오는 바람에."

소희는 좁은 난간에 벌렁 누워 버렸다.

"그러면 어떻게 돌아갈 건데?"

"택시라도 부를까?"

사탕을 입에 문 채 부질없이 함께 웃었으나 소희는 곧 일어나 안으로 들어갔다. 자기 소임을 깨달은 모양이었다. 아니면 골탕 먹일 방법이 생각났거나.

나도 휴대 전화 손전등을 다시 켰다.

"뭐 하니?"

식탁에는 촛불 세 개가 켜져 있었고 윤권호는 서류 뭉치를 꺼내 들여다보는 중이었다. 밝은 곳으로 가져가 읽으라고 했으나 촛불 앞을 고수했다. 얼결에 윤권호가 들여다보는 서류 뭉치를 잡고 한 장 한 장 넘기다가 글씨에 주목하게 되었다. 그것은 누가 봐도 지렁이체여서 잠시 잊고 있었던 윤권호에 대한 아이들의 반감, 정확히 말하면 학교 교실에서 느꼈던 낭패감이 떠올랐다. 소희도 그런 것 같았다.

"오늘의 일기가 제목인가 봐."

소희와 함께 머리를 맞댄 결과 띄엄띄엄 내용 파악은 할 수 있었다. 누가 호박구덩이에다 몽당연필을 버리는 바람에 전체가 벌을 섰다. 범인은 끝내 잡을 수 없었다. 대충 그런 내용이었다. 호박구덩이. 생각지도 못한 단어 앞에서 고개를 갸웃거렸다. 인터넷 사이트를 열고 호박구덩이를 검색해 보았다. 호박구덩이 파기, 호박 키우기, 호박 하우스 만들기 같은 연관 검색어가 달려 나왔고 이미지도 확인할 수 있었다. 짤막한 몽당연필을 그 그림 속에 넣어 상상해 보려 했으나 쉽지는 않았다. 몽당연필도 호박구덩이도 21세기 아이들의 일상과는 너무 거리가 멀었다.

다시 윤권호의 글을 들여다보았다.

'그래서 뭘, 어쨌다는 거야?'

하지만 지렁이가 워낙 사방팔방으로 꼬불거리는 바람에 확인이 어려웠다. 소희와 내가 구시렁거리자 윤권호도 맞대응하듯 구시렁거렸다. 그 애의 글씨처럼 무슨 말인지 알 수는 없었지만, 어렴풋이 추측할 수는 있었다. 글씨체가 뭐가 중요하냐. 내용을 이해하면 되는 거지. 그런 말인 것 같았다. 소희가 가만히 듣고 있을 리 없었다.

"글씨체가 더러우면 의사소통이 안 되는 거야. 요즘 아이들과 소통하려면 지렁이체를 버리고 제대로 된 글씨체를 만들어 써야지. 아직도 모르겠니?"

"겨우 그거야? 그게 전부야?"

"무슨 소리야?"

윤권호는 이번에도 외면하는 전략을 썼다. 대꾸하지도 않았고 반박하지도 않았지만, 그까짓 글씨체! 라며 비웃는 것 같았다. 대화가 오리무중으로 빠져들었다.

그런데 한참 침묵을 지키면서 무언가를 뒤지던 윤권호가 불현듯 쾌재를 불렀다. 촛불이 춤을 추기 시작했다.

"이거야. 여기 있었네."

윤권호에게 다가가 휴대 전화 손전등을 비추어 주었다. 윤권호를 도와줘야 빨리 집으로 돌아갈 수 있었기 때문이다.

"네가 쓴 글이네."

그 가운데 나는 윤권호의 표정이 점차 달라지는 것에 주목하고 있었다. 감정의 흥분과 고조가 두드러졌다.

"여기 봐. 수업 시간에 너희가 지적했던 것. 나는 정확히 기억하고 있었다고."

무슨 소리인지 알 수가 없었다. 윤권호는 혼자만의 기억과 감정 속에 파묻혀 있었고 우리를 그 안으로 끌어들여 자신의 기억을 공유해야만 의사소통이 일어난다는 사실조차 이해하지 못하는 것 같았다. 계속해서 같은 말만 되풀이했다.

"봐, 보라고."

그것은 소희의 승부 버전과 다르지 않았다. 윤권호 역시 '내가 옳았어, 내 말이 맞잖아.'라고 주장하고 있었다.

'뭘 가지고 그러지?'

궁금해서 윤권호가 들고 있던 종이를 빼앗아 그 안에 적힌 내용을 확인하기 시작했다. 하지만 번역도 없이 지렁이체를 이해하는 것은 불가능했다. 우리가 수업 시간에 읽으려고 했던 지렁이체와는 차원이 다른, 요령부득의 글씨체였기 때문이다. 게다가 빨간 볼펜으로 첨삭까지 되어 있어 그 종이의 난해함은 훨씬 더 심각하고 복잡했다.

"못 읽겠어. 차라리 네가 읽어 줘. 아니면 설명하거나."

윤권호는 오늘의 일기를 읽기 시작했고 다 읽고 났는데도 우리가 뭘 가지고 그러는지 이해하지 못하자 마침내 설명에 들어갔다.

"여기 아줌마가 빨간 볼펜으로 써놓은 거 보여?"

"그래서?"

"도망간 친구를 잡으려고 뛰어갔으나 차가 오는 바람에 멈추어야 했다. 건널목 신호는 도무지 바뀌지 않았다. 이 문장에서 '잡으려고' 보여? 아줌마가 이 문장이 틀렸다며 고쳐 주었잖아. 여기 빨간 볼펜 글씨 보이지?"

"네가 잡으려고라고 쓴 걸 아줌마가 잡을라고로 수정해 주었다는 거야?"

"그래, 바로 그거야."

"헐!"

나는 진상을 알아차리고 입을 딱 벌렸다. 윤권호의 괴이한 맞춤법이 어디서 시작했는지 증명이 된 순간이었다. 처음에 윤권호는 정확한 맞춤법을 사용했으나 샛별 궁전 아줌마가 틀린 맞춤법으로 윤권호를 교정시켜 버렸다. 윤권호의 또 다른 언어습관 '~이였다'에 대해서도 마찬가지 사례를 확인할 수 있었다. 윤권호는 원래 '~이었다'로 사용했으나 아줌마에게 교정을 당하면서부터 '~이였다'로 사용하기 시작했다. 친구들을 멀리하고 학교 선생님과 담을 쌓고 살았지만, 수도권 지역에서 자란 윤권호는 어느 정도 표준어를 사용했던 셈이다.

문제는 그 증거 앞에서 윤권호가 보인 흥분된 반응이었다. 윤권호는 "내가 맞았잖아."라고 주장해서 다시 한번 나의 말문을 막아 버렸다. 나와는 반대로 소희는 이미 알고 있었다는 듯 한탄했다.

"아이코, 윤권호. 이 바보 멍청이 자식아. 이정희 아줌마가 오늘의 일기로 너희를 통제했었던 거야."

소희는 그렇게 단정 지으며 재빨리 정신을 차렸다. 어떻게 해야 윤권호는 틀렸고 자신이 옳은지를 증명할 방법으로 인터넷 포털 사이트의 '맞춤법 검사기'를 동원했고 '도망간 친구를 잡으려고 뛰어갔으나 차가 오는 바람에 멈추어야 했다. 건널목 신호는 도무지 바뀌지 않았다.'라는 문장을 써넣은 다음 검사하기를 눌렀다. 나의 휴대 전화가 열심히 일한 셈이다.

"어때? 맞춤법이 틀렸다고 표시되지 않았지? 이게 맞는 거야. 처음에 네가 썼던 글자가 맞고 그 아줌마가 고쳐 준 글자가 틀렸던 거야."

소희의 설명에 윤권호는 그럴 리가 없다며 맞섰다.

"뭐가 그럴 리가 없니, 이 바보야."

소희가 윤권호의 뒤통수를 거세게 갈겼다. 이 틈에 기분풀이를 하려는 것 같았다. 윤권호가 짐승처럼 덤비는 성격은 아니라는 것을 파악했기에 가능한 행동이었다. 나도 가만히 있을 수 없어 맞춤법 검사를 반대로 진행해 보았다. '도망간 친구를 잡을라고 뛰어갔으나 차가 오는 바람에 멈추어야 했다. 건널목 신호는 도무지 바뀌지 않았다.'라고 적은 다음 검사하기를 눌러 윤권호에게 보여 주었다. 맞춤법 검사기는 '잡을라고'를 '잡으려고'로 수정해야 한다며 붉게 표시했다.

윤권호가 말했다.

"맞춤법 검사기가 틀렸을 수도 있잖아."

"뭐가 어째?"

소희와 나는 힘을 합쳐 윤권호를 성토했으나 이내 지치고 말았다. 인터넷 사전이며 맞춤법 검사기를 믿지 않는 아이와 합리적인 대화를 나누기란 불가능했다. '달걀로 바위 치기'처럼 힘이 들었다.

"그럼 어떻게 해야 믿겠니?"

소희는 윤권호를 향해 그렇게 말하고 나서 입을 다물었다. 체념한 표정이었다. 윤권호에 대한 가이드를 중단할 거냐고 물었더니 이렇게 대답했다.

"난 e말e글 선생님이 지정해 준 윤권호 전용 가이드잖아. 그런데 안내받는 애가 가이드 말을 안 믿으니까 난들 어쩌겠니?"

"그럼 어쩌려고?"

"뭘 어째. 윤권호는 여기 그냥 두고 우리만 돌아가야지."

그러면서 소희는 씩 웃었다. 해맑은 웃음이었다.

'네가 원한 게 이거였구나.'

윤권호를 구석기 무덤 안에 가두어 두고 우리끼리만 돌아가는 것. 그렇게 되면 우리가 사는 시대는 윤권호를 영영 잃어버리게 될 것이다.

나는 물티에게 물었다.

'우리에게 윤권호는 필요한가.'

물티는 즉각 그렇다고 대답했다. 아이 하나하나는 누구나 다 소중하다는 차원이 아니었다. 소희 엄마 말대로 윤권호는 우리가 잃어버린 것을 간직하고 있었다. 훔쳐서라도 되찾아 와야 할 소중한 인적 자원이다. 물티도 그렇다고 동의했으나 윤권호를 데리고 돌아갈 방법은 여전히 알 수 없었다.

내가 물티와 교감하는 사이 윤권호는 뒤란으로 가서 폐타이어를 쌓고 있었다. 소희에게도 남은 호기심이 있었다.

"이건 뭐 하던 거야? 여기서 폐타이어가 왜 필요했을까?"

윤권호는 말없이 탑만 쌓아 올렸다. 일곱 개의 타이어가 높이 쌓이자, 그 옆에 새로운 탑을 쌓기 시작했다. 세 번째 탑은 5개로 마무리되었다. 2개가 없어졌다는 말이 기억났다. 그렇게 세 개의 폐타이어 탑을 완성하고 난 뒤 윤권호는 바닥에 주저앉았다. 단순히 체력이 고갈된 것 같지는 않았다. 구석기인은 흐느끼기 시작했다. 복받쳐 오르는 애달픈 울음 앞에서 소희와 나는 몸 둘 바를 모르게 되었다.

"야! 윤권호."

"윤권호!"

우리는 적당한 거리에 서서 그렇게 이름을 불러 주었을 뿐이다.

e말e글에 잘 오셨습니다. 환영합니다

탑을 다 쌓고 나서 10여 분도 되지 않아 세 개의 탑은 폭삭 무너지고 말았다. 탑을 쌓은 것도 윤권호고 탑을 무너뜨린 것도 윤권호였다. 발길질과 주먹질, 이단옆차기가 있었고 마지막에는 영문도 모른 채 소희와 내가 동참하여 힘을 보탰다.

우리는 무너진 페타이어 하나씩을 깔고 앉아 대화를 나누었다.

"나도 알아. 뭔가 잘못되었다는 것을."

윤권호가 진심을 털어놓았다. 샛별 궁전에는 아줌마가 정한 규칙이 있었고, 그것을 어길 때마다 아이들은 뒤란의 쇠기둥 앞에 섰다. 아줌마가 시끄러운 소리를 내거나 밥투정을 한 아이를 가두라고 명령하면 다른 아이들이 힘을 합해 그 아이의 머리 위로 페타이어 탑을 쌓았다. 안에서 탑을 무너뜨릴 수도 있지 않냐고 물었더니 쇠기둥 때문에 불가능하다고 했다. 페타이어 탑은 쇠기둥과 아이의 몸에 씌워진 체벌용 형틀이었다. 너무나 끔찍해서 나와 소희는 서로의 손을 쥐고 후들후들 떨었다. 우리는 동시에 물었다.

"너도 거기에 갇혀 본 적 있어?"

윤권호는 고개를 끄덕였다.

"소리를 내거나 밥투정을 한 거야?"

"난 그런 지적은 받아본 적이 없어."

"말을 잘 듣는 아이였구나."

"맞아."

"그러면 왜 벌을 섰던 거야?"

"글자를… 틀리게 썼어."

"잡을라고가 아니라 잡으려고로 써서?"

"응."

"미쳤구나."

소희의 말이 맞았다. 아줌마는 오늘의 일기를 통해 샛별궁전에 대한 아이들의 생각을 통제하려고 했던 것 같다. 문법은 아줌마가 정한 게 기준이 되었다. 아줌마를 의심할 수는 없었다고 윤권호가 말하자 소희는 고개를 가로저었다.

"난 이해가 안 가. 네가 왜 샛별 궁전에 그토록 오래 엮여 있었는지. 집에 혼자 있기 싫었던 거니?"

윤권호가 천천히 고개를 끄덕였다.

"조용한 방 안에 가만히 있으면 죽을 만큼 지루하다가 갑자기 확 무서워질 때가 있어. 부모님께 전화하거나 가게로 찾아가면 거추장스러워하는 느낌이 들었고…."

"결국 아줌마에게 전화를 걸었구나."

"응."

"그래."

"우리 집과 샛별 궁전 중간 지점에 있는 슈퍼로 나가면 아줌마가 아이스크림을 사 주면서 어깨를 토닥였어. 아이스크림처럼 마음이 녹아내렸지."

"되게 의지했었네."

"그랬던 것 같아."

"요즘은 어때?"

"…괜찮아."

"정말?"

"e말e글 과제를 하다 보면 혼자 있다는 사실을 잊어버려. 계속 옮겨 적으면서 내용을 조금씩 바꾸는 게 얼마나 재미있는지 몰라. 나, e말e글 정말 좋아해. e말e글을 떠올리면 외롭지 않고 두근거려."

고백을 끝낸 윤권호에게 소희가 말했다.

"네가 구제 불능 꼴통은 아니어서 다행이다."

그렇게 말하면서 소희는 해맑게 웃었다. 무슨 의미인지 정확히 이해되지는 않았지만 나도 기분이 좋아 따라 웃었다.

이를테면 윤권호는 탑을 무너뜨리고 소희는 구석기 무덤 안에 친구를 가둘 계획을 포기했다. 그렇다면 나는 무엇을 했는가.

나도 의미 있는 일을 한 가지 했다. 우리는 샛별 궁전을 빠져나와 편의점에 들렀는데 지갑도 없는 소희가 음료수를 고르느라 정신이 팔린 사이 나는 윤권호를 꼬여 밖으로 데리고 나왔다.

"우리 이쯤에서 소희를 잃어버리자."

"무슨 소리야?"

다행히 윤권호가 말귀를 알아들었다.

"걔, 음료수도 계산해야 하고… 차비도 없는데?"

"알아서 하겠지."

잠시 침묵이 흐른 뒤 윤권호는 "그러자. 그렇게 하자."라고 내 의견에 동의해 주었다. 하지만 뼈 있는 한마디도 잊지 않았다. 아까 가방을 확인해 보니 잃어버린 노트가 돌아와 있더라고 하더니 이렇게 물었다.

"이소희는 왜 내 노트를 훔쳤던 거야?"

"글쎄."

그렇게 대답하고 보니 왠지 모르게 잡아떼는 것 같은 느낌이 없지 않아 나는 내 생각을 솔직하게 말했다.

"우리가 판에 박힌 글을 쓴다는 것은 수업 시간에 이미 확인이 되었잖아. 소희는 고정관념이 덜한 네가 부러웠던 것 같아. 아니면 스스로가 부끄러웠거나."

"그래?"

"어, 내 생각은 그래."

"내게도 희망은 있다는 건가."

"당연하지."

그런 대화를 나눈 뒤 우리는 재빨리 움직여 지하철까지 뛰어갔다. 검표대를 통과하면서 부럽거나 부끄러운 게 소희만인 것처럼 말했던 것이 왠지 모를 부끄러움으로 되돌아왔다. 누구나 가끔은 길을 잃어버릴 필요가 있다. 그래야 찾아 나설 테니까 말이다. 길을 잃어버려 놓고 잃어버렸다는 사실도 모른 채 살아간다면 그건 너무 서글픈 일이다. 오늘은 소희가 길을 잃어야 하는 날일뿐 나도 언젠가는 그런 날을 맞이해야 한다.

순식간에 다음 수업 일인 수요일이 되어 우리 세 사람은 반갑게 교실에서 다시 만났다. 소희는 어떻게 된 일이냐며 시비 걸지 않았고 나도 어떻게 돌아왔는지 묻지 않았다.

그날 윤권호와 소희가 발표한 글은 말 그대로 대박을 터트렸다. e말e글이라는 좁은 사회에서의 성공이지만, 나름대로 의미가 있었다. 승부를 좋아하는 아이들이니 굳이 1등이 누구인지 말해 보라고 한다면 나는 소희의 글이 조금 더 우세했었다고 대답하고 싶다. 소희는 같은 경험을 나누었지만, 소재를 선점하는 능력이 우리보다 뛰어났다. 윤권호 가이드로 가장 큰 이득을 본 사람은 소희였다.

소희 글의 제목은 '열쇠'였다. 닫힌 현관문 안에서 비명이 들리자 그 문을 열기 위해 열쇠를 찾아 헤매는 아이들 이야기였다. 열쇠가 내 마음 안에 있더라는 결말은 "열쇠가 파랑새냐?"라며 한 아이로부터 집중적인 비판을 받았으나, 다른 아이들은 모두 재미있다며 칭찬을 아끼지 않았다. 소태 선생님도 "솜씨가 확 늘었는데."라며 좋아했다. 훔치는 데 제대로 성공한 소희는 까르륵 명랑한 웃음을 터트렸다.

윤권호는 처음으로 한글 자판을 사용해 e말e글 카페에 과제를 올렸다. 가장 먼저 댓글을 단 것은 소희였다.

e말e글에 잘 오셨습니다. 환영합니다.

그러자 윤권호가 답글을 달았다.

바쁜 시간을 내 안내해 주어 고맙게 생각합니다.

윤권호 글의 제목은 '페타이어 탑'이었는데 방 안에 갇힌 아이가 쌓은 페타이어 탑이 천장을 뚫고 나가 열아홉 마리의 새가 되었다는 내용이었다. 왜 열아홉 마리냐고 묻는 아이가 있었지만 윤권호는 그냥이라며 말꼬리를 흐렸다. 이야기보다는 심리 위주의 글이어서 어렵게 느껴지기는 했으나 소태 선생님에게 어마어마한 칭찬을 받았다. 아마 소태 선생님에게 승부를 판단하라고 했다면 윤권호의 손을 들어 주었을 것이다.

내 글의 반응은 그저 그랬다. 제목을 '부럽거나 부끄럽거나'로 잡았는데 생각을 솔직하게 전개하지 못했던 게 실패의 원인이었다. 그 제목은 지렁이 노트의 도둑질로부터 왔지만, 전후 사정을 훤하게 까발리기는커녕 당사자인 소희가 자신의 이야기라고 느낄 수 없도록 써야 한다는 강박관념 때문에 처음부터 잘되지 않았다. 하지만 글은 어떻게 써야 하는지에 대해 계속 생각하게 만들었다는 점에서 손해 본 경험은 아니었다.

소태 선생님은 보람이 있었던 하루라고 하면서 그날 수업을 이렇게 평가했다.

"글을 통해 현실을 변형하려는 노력은 잘못된 현실을 바꾸려는 노력과 맞닿아 있다. 글쓰기를 통해 더욱 나은 세계로 나아갈 수 있다는 것이 괜한 헛소리가 아님을 여러분들이 조금씩 알게 된 것 같아 기쁘다."

그러고는 칠판에다 '체육관'이라고 적었다. 다음 주 글제라고 했다.

"체육관과 관련된 어떠한 이야기라도 상관없지만 재미있어야 한다. 마감 시간을 잘 지켜 주기 바란다."

소태 선생님이 수업 종료를 선언하자 아이들이 일어나 밖으로 몰려 나갔다. 운동장으로 나섰을 때 햇빛이 눈 부셔 순간적으로 시력을 상실했는데 축구공 하나가 또르르 굴러와 내 발밑에서 멈추었다. 잠시 뒤 만화를 찢고 나온 것처럼 잘생긴 남자애가 햇빛 속에서 달려와 공을 잡았다. 그 애와 나의 눈이 마주치는 순간 시력이 돌아왔다.

"우와."

감상 시간을 오래 가질 수는 없었다. 어느새 나타난 얌체 소희가 그 남자애를 가로채 체육관 쪽으로 데려갔기 때문이다. 화는 났지만, 폭발까지는 가지 않았다.

물티는 재빨리 메모를 시작했다.

나는 소라게한테서 완전히 독립했다. 혼자 있어도 불안하지 않고 겁나는 것이 없기에 휘둘릴 일도 없다.

물티는 한 줄을 더 첨가했다.

나는 자유다.

글을 읽고